AF238947

ars vivendi®

LOTTE KINSKOFER

SCHILLERWIESE

KRIMINALROMAN

ars vivendi

Originalausgabe

1. Auflage März 2024
© 2024 by ars vivendi verlag
GmbH & Co. KG, Bauhof 1,
90556 Cadolzburg
Alle Rechte vorbehalten
www.arsvivendi.com

Umschlaggestaltung: finken&bumiller
Druck: GRASPO CZ, Zlín
Gedruckt auf holzfreiem Werkdruckpapier
der Papierfabrik Arctic Paper

Printed in Europe

ISBN 978-3-7472-0599-0

SCHILLERWIESE

1

DIENSTAG, 12. MAI – ABEND

Sie hört eine Kirchturmuhr. Vier Schläge für die volle Stunde, neun für die genaue Uhrzeit. Jetzt sollt er eigentlich kommen, der Gustl. Veronika Haberl sitzt am Ufer der Donau, die Füße im Wasser, und schaut den Weg entlang nach rechts und links, aber er ist nicht zu sehen. Das Paar, das vorhin eng umschlungen dagesessen hat, ist inzwischen gegangen. Die Badeanstalt an der Schillerwiese wirkt verwaist. Ab und zu schlendert noch ein Spaziergänger vorbei. Die Sonne geht unter, und es wird dämmrig.

Überhaupt ist heut kaum was los an der Donau. Das liegt sicher an dem Fackelzug, der durch die Stadt führen soll – zu Ehren des Amtsantritts von Reichspräsident Generalfeldmarschall von Hindenburg. Das wollen gewiss alle sehen.

Seltsam, dass er sie jetzt warten lässt. Er ist bisher immer so zuverlässig gewesen. Nach ihrem ersten Gespräch hat er jeden Abend Punkt zehn Uhr das Wirtshaus betreten, noch etwas getrunken, immer mit dem Blick zur Tür, die in die Kuchl führt. Von dort aus hat sie ihn manchmal gesehen, wenn der Wirt in die Kuchl gekommen ist, hat ihm zugelächelt, und er hat genickt und gewartet. Wenn sie um Mitternacht fertig war, ist er neben ihr hergegangen, von Reinhausen zum Arnulfsplatz, da waren sie eine gute halbe Stunde unterwegs, und sie hat jede Minute davon genossen.

Schon am vierten Abend hat sie das Gefühl gehabt, dass er zu ihrem Leben dazugehört. Sie hat ihm von ihrem Buben erzählt, und er hat nicht gefragt, wo der Vater war. Sie ist froh drum gewesen, es hätt sie in Verlegenheit gebracht.

Erst nach einer guten Woche hat sie ihm erzählt, dass sie als ganz junges Mädchen in einem Haushalt gewesen war. Vornehme Leute, er von Beruf Ökonom, sie damit beschäftigt, das Personal herumzuscheuchen. Vroni hat sich vor ihren Schikanen weitgehend sicher gefühlt, weil mit einer wie ihr, die in der Kuchl nur die Kartoffeln schälte, hat sich die gnädige Frau gar nicht abgegeben. Aber der Sohn, auf den die Herrschaften so stolz gewesen sind, der ist sich nicht zu fein gewesen, ihr ein Kind anzuhängen. Freilich haben seine Eltern behauptet, Vroni habe sich das nur ausgedacht und das Balg sei von einem anderen, und haben sie mit Schimpf und Schande weggejagt. Sie hat dann auf einem Gutshof gearbeitet, und seit Lichtmess ist sie im Wirtshaus als Küchenhilfe.

Der Gustl wiederum hat ihr von dem Gasangriff im Krieg erzählt, dass er seitdem Probleme mit der Lunge habe und es deshalb schwierig für ihn sei, noch als Bäcker zu arbeiten, weil er den Mehlstaub nicht mehr so gut vertrage. Ja, und dann noch die Granatsplitter, aber das habe sie ja gewiss schon gesehen, dass er da ein paar Andenken am Hals hat.

Freilich hatte sie die Narben über dem Hemdkragen gesehen, aber die machen ihr gar nichts aus – und das hat sie ihm auch gesagt.

»Wichtig ist nur, dass es ned wehtut.« Sie hat ihn unsicher angeschaut, wie er reagiert, aber er hat erst lange nichts gesagt und dann: »Dank dir für die guten Worte.« Und beim Du sind sie dann auch geblieben.

Wie ihr Herz geklopft hat, als er sie gefragt hat, ob es denn nie einen freien Abend gebe, an dem sie sich mal früher treffen könnten. Wie sie zugesagt und unruhig der Verabredung entgegengesehen hat. Denn sie will auch einmal was vom Leben haben, in den Arm genommen werden, einen Kuss oder zwei und später vielleicht auch ein bisserl mehr, wenn er verspricht, vorsichtig zu sein.

Endlich sieht sie ihn den Weg entlangkommen. Er ist es doch, oder? Er hinkt ein bisserl, vielleicht hat er sich wehgetan und ist deshalb spät dran. Rasch zieht sie die Füße aus dem Wasser, schlüpft in ihre Klapperl, steht auf und eilt ihm entgegen.

Es ist nicht der Gustl. Doch hat sie das Gefühl, den Mann schon mal gesehen zu haben. Er starrt sie an, sagt kein Wort. Ein unheimliches Schweigen. Sie bekommt Angst, sieht sich um. Kein Mensch mehr weit und breit. Ganz schnell ist die Dunkelheit gekommen, fast finster schaut es für sie plötzlich aus, gerade ist es doch noch hell gewesen. Sie blickt in seine schwarzen Augen, ahnt das Unheil. Aber da ist es schon zu spät.

2

DIENSTAG, 12. MAI – ABEND

Ein paar Jahre muss ich noch ins Polizeipräsidium, denkt Oberkommissär Benedikt Wurzer. Die werde ich hoffentlich auch noch überstehen.

Nein, an Gewissenhaftigkeit fehlt es ihm nicht. Und der Einsatz für Recht und Gerechtigkeit ist ihm auch immer noch wichtig. Aber er packt den Alltag nicht mehr so gut wie früher, er ist müd, und manchmal hat er auch keine Freud mehr an der Arbeit. Es hat sich einiges verändert, denkt er, als er sich ins Schlafzimmer zurückzieht.

Nach dem Krieg hat er geglaubt, es kann nur besser werden. Aber dann hat er so viel Armut und Elend sehen müssen; für ihn, seine Frau und seine Tochter ist's auch gelegentlich knapp geworden. Dann ist die Inflation gekommen, das Brot hat Millionen gekostet, und der Schubkarren ist mehr wert gewesen als das Geld, das man damit transportiert hat.

Seufzend legt er sich ins Bett, will sich die Gedanken an die letzten Jahre verbieten, aber das ist halt nicht so einfach.

Denn wie die Rentenmark im November 1923 eingeführt worden ist, da hätte es doch wieder aufwärtsgehen können. Aber genau zur gleichen Zeit hat es den Putsch in München gegeben. Dieser Hitler und seine Kumpane – eine nationale Diktatur ist ihr Ziel gewesen. Von München aus nach Berlin marschieren … aber erst mal sind sie in Richtung Feldherrnhalle, und dabei sind Schüsse gefallen – das hat auch Kollegen von ihm das Leben gekostet.

Ihn hat das arg getroffen, aber sein Vorgesetzter Markstein, der hat von Berufsrisiko geredet und dass die nationale Erneuerung eben auch Opfer fordere vom Einzelnen. Von Markstein selber freilich nicht, der ist in seinem schönen Arbeitszimmer geblieben, bis alles vorbei gewesen ist.

Wurzer dreht sich auf die andere Seite, in der Hoffnung, dass er endlich an etwas anderes denken kann, aber die trüben Betrachtungen holen ihn schnell wieder ein. Hätten sie diesen Österreicher doch abgeschoben! Aber Wurzer hat gehört, dass ihn nicht einmal mehr sein Heimatland hat nehmen wollen. In München haben sie ihn zu fünf Jahren Festungshaft verurteilt. Dabei hätte der Prozess doch ans Reichsgericht in Leipzig gehört. Aber die damalige bayerische Staatsregierung wird schon gewusst haben, warum sie das Verfahren lieber hier durchziehen wollte. Da hat's gewiss einiges zum Vertuschen gegeben.

Hat nicht der Tenner, also der Stellvertreter von seinem obersten Chef, dem Münchner Polizeipräsidenten, selber gesagt, dieser Hitler sei die Seele der ganzen völkischen Bewegung und er werde seiner Idee die Massen zuführen? Da kann man bloß hoffen, dass der Tenner nicht recht behält.

Denn leider ist der Hitler schon vor einem halben Jahr wieder aus dem Gefängnis entlassen worden und hat seine Partei bald danach aufs Neue gründen können. Dass er Redeverbot in Bayern hat – das wird ihn gewiss nicht aufhalten.

Wurzer richtet sich auf, denn im Liegen sind die Gedanken noch viel schlimmer als im Sitzen. Er ist eigentlich ein Anhänger der Bayerischen Volkspartei, ein Konservativer also. Bisher sind das auch die meisten seiner Kollegen gewesen. Aber er merkt schon, wie sich im Polizeipräsidium in der Münchner Ettstraße der eine oder andere darauf einrichtet, dass es doch recht gut wäre, ein Nationaler zu sein.

Heute erst haben wieder mal ein paar von ihnen das Politisieren angefangen, und ihm hat schon beim Zuhören gegraust. Freilich erhoffen sie sich was für die eigene Karriere, wenn sie auf Volk und Vaterland setzen, auf die Sozis und die Kommunisten schimpfen und die Juden für alle Probleme im Land verantwortlich machen. Auch der Markstein wird von Tag zu Tag nationaler, und ihm, dem Wurzer, fehlt es oft an Schneid, da noch dagegenzuhalten, auch wenn das alles mit Recht und Gesetz gar nichts mehr zu tun hat.

Wurzer steht auf und tritt ans Fenster. Fast jeden Abend plagen ihn die Gedanken an die Zukunft. Ist das eine Alterserscheinung, oder ist sein ungutes Gefühl berechtigt? Er war früher ein Mensch voller Zuversicht, wird aber zunehmend enttäuscht und bitter. Er mag sich selber nicht, wenn er alles so düster sieht. Aber leider bestätigen die Ereignisse immer wieder seine Ahnungen.

Seufzend legt Wurzer sich wieder hin. Er muss jetzt an was Schönes denken, sonst wird das nichts mit dem Einschlafen. Zum Beispiel daran, dass sie morgen in eine frühe Sommerfrische fahren, die Marei und er. Zum ersten Mal seit vielen Jahren. Seine Frau ist immer noch am Einpacken, aber Hilfe hat sie nicht gewollt.

»Du vergisst doch sowieso die Hälfte«, hat sie gesagt.

Wurzer hat auf die vollen Koffer geschaut. »Die andere Hälfte tät ja auch langen, so viel brauchen wir doch gar ned.«

Ein Blick seiner Frau hat genügt – er ist schlau genug gewesen, sich zu verzupfen.

Nach Kallmünz soll es gehen, wo Barbara, die Schwester seiner Frau, vor zwanzig Jahren in den Habersetzer-Hof eingeheiratet hat. Erst aber fahren sie noch nach Regensburg zu ihrer Anna, die dort mit Mann und Kindern lebt. Mehr als ein halbes Jahr hat Wurzer sie nicht mehr gesehen, seine Tochter und die zwei Enkel, er freut sich drauf. Der fünfjährige Kaspar und die Sophie, die auch schon drei Jahre alt ist, sind gewiss recht gewachsen. Immer wieder hat die Anna mit den Kindern zu ihnen nach München kommen wollen, immer wieder haben auch Marei und er überlegt, nach Regensburg zu fahren. Aber ständig ist was dazwischengekommen.

Der Walter ist freilich auch noch da. Mit ihm haben sie einen tüchtigen Schwiegersohn bekommen, der ihnen eine neue Familie und auch ein bisserl Hoffnung geschenkt hat, nachdem ihre beiden Buben, Annas Brüder, im Krieg gefallen sind. Auch kein guter Gedanke, um in den Schlaf zu finden, denkt Benedikt Wurzer. Er dreht sich zur Seite und konzentriert sich ganz auf das Annerl, ihre Kinder und die Freude, sie morgen zu sehen.

3

DIENSTAG, 12. MAI – NACHT

Anna Kreitmayr sitzt in der Küche und stopft die Socken ihres Mannes, der noch beim Stammtisch ist. Die Kinder schlafen. Der Lärm von draußen stört die beiden Kleinen nicht. Lust hätte Anna schon, rauszugehen und zuzuschauen beim Fackelzug für Hindenburg. Die Frau Gschwendtner, die unter ihnen wohnt, hat ihr davon erzählt, dass ganz viele Parteien und Vereine mitmachen und auch die Bevölkerung aufgerufen ist, sich zu beteiligen. »Stellen S' Ihnen vor, die ziehen vom Kasernplatz in die Stadt, am Dom und am Rathaus vorbei bis zu uns. Und aufm Bismarckplatz, da soll dann eine Serenade mit Ansprache stattfinden.« Ja, ein bisserl was von der Musik hört Anna schon, auch die vielen Stimmen und den Jubel, dafür hat sie eigens das Fenster aufgemacht.

Das wär mal was anderes gewesen, denkt Anna, wenn sie das auch hätte sehen können. Wär der Walter bei den Kindern geblieben, hätte sie rübergehen können zum Bismarckplatz, sind ja nur ein paar Schritte. Oder der Bub von der Vroni, die schräg über ihnen unterm Dach wohnt, der Karl, hätte auf ihre Kinder aufgepasst, die ja sowieso tief und fest schlafen – und sie wär gemeinsam mit ihrem Mann raus zum Zuschauen. Miteinander was machen, so wie früher. Nicht der eine hier und die andere da und nur ein paar Worte gewechselt in der Früh und manchmal noch am Abend.

Mit der Vroni hat sie sich gleich gut verstanden, wie die im Februar eingezogen ist. So ein lebensfroher und fleißiger Mensch, immer hilfsbereit, immer freundlich. Wie sie das allein packt mit dem Buben! Eine Schand ist es, dass ihr der Vermieter oben bloß das Kammerl neben dem Speicher gegeben hat und dafür auch noch Miete nimmt! Aber die Vroni sagt, als einschichtiges Weibsbild mit einem ledigen Kind, da kriegst du nicht so leicht eine gute Bleibe, da wirst du behandelt wie ein Flitscherl. Wenigstens in dem Punkt hat sie der Vermieter in Ruhe gelassen, dem ist es bloß ums Geld gegangen.

Der Walter ist dagegen, dass der Vroni ihr Bub öfter auf ihre Kinder aufpasst. Dabei ist der Karl mit seinen zwölf Jahren schon recht gescheit und verständig. Aber für den Walter ist die Vroni ein unsolides Weibsbild. Dass seine Frau sich mit so einer versteht, das kann er gar nicht haben. Gut, dass er es meistens nicht mitbekommt, denkt Anna. Entweder ist er in der Arbeit oder im Wirtshaus.

Die Kirchturmuhr schlägt schon elf. Vor einer halben Stunde hat sie den Karl im Flur die Treppe raufgehen hören, wahrscheinlich hat er sich den Fackelzug nicht entgehen lassen. Bestimmt freut er sich, wenn er sieht, dass sie ihm ein Brotscherzl auf den Tisch gestellt hat. Der Bub hat immer so viel Hunger, und nicht jeden Tag kann seine Mutter um Mitternacht was vom Wirtshaus mit heimbringen.

Anna ist mit den Socken fertig, nimmt sich eine Näharbeit vor. Allmählich könnte er heimkommen, der Walter, denkt sie. Er muss doch nicht jeden Abend im Wirtshaus bleiben, bis sie zumachen und ihn wegschicken. Wie sehr er sich doch in all den Jahren verändert hat! Mit Wehmut denkt sie an den feschen Burschen, den Freund ihrer beiden Brüder, zurück, den sie noch vor dem Krieg kennengelernt hat. Eisenbahner hat er werden wollen, das ist sein großer Traum gewesen. Als Einziger von den dreien ist er aus dem Krieg heimgekommen, hat sie getröstet, wo es für ihre Eltern keinen Trost mehr gegeben hat. Sie haben geheiratet, und er ist wirklich Eisenbahner geworden. Sie sind deswegen nach Regensburg gegangen, weil man ihm da eine gute Stelle versprochen hat. Und dann, weil es nicht ganz so lief, wie er sich das vorgestellt hat, hat er alles hingeschmissen und arbeitet jetzt als Mechaniker für Automobile und Fahrräder.

Die schöne Wohnung in der Engelburgergasse haben sie vor einem halben Jahr aufgeben müssen. Anna schaut sich in der schlecht beleuchteten Wohnung um, in der sie jetzt leben. Ein Zimmer für die Kinder, eins für sie beide, und die Kuchl. Es zieht, und von Zeit zu Zeit muss sie den Schimmel von der Wand kratzen.

Das Geld kommt nicht mehr so verlässlich herein wie früher. Mal ist es mehr, meistens weniger, und immer öfter trägt der Walter es gleich ins Wirtshaus. Sie könnte was dazuverdienen, immerhin hat sie Näherin gelernt. Er müsste ihr nur eine Singer-Nähmaschine kaufen, vielleicht gebraucht, das wär gar nicht so teuer. Aber der Walter sagt, seine Frau müsse nicht arbeiten, da hat er seinen Stolz. Freilich muss sie arbeiten. Im Haushalt, mit den Kindern, und dass sie ab und an für eine Näherin kleinere Sachen zu Hause erledigt, um etwas eigenes Geld zu haben, hat sie ihm nicht gesagt, weil sie seinen Zorn fürchtet.

Was werden ihre Eltern denken, wenn sie die kleinere und schäbigere Wohnung sehen, in der sie jetzt lebt? Die ganzen schiefen Treppen hinauf fast unters Dach? Wenn es ihr gar zu düster ums Herz ist, so wie jetzt gerade, dann denkt sie an den

Zauber der ersten Verliebtheit. Ja, sie haben auch schöne Zeiten gehabt. Ob sie jemals wiederkommen?

Jetzt schlägt's schon Mitternacht, und der Walter ist immer noch nicht da. Die Vroni kommt normalerweise um diese Zeit heim, das kriegt Anna jeden Abend mit. Das Knarzen der Treppen, und wie die Tür zu ihrem Kammerl quietscht, wenn sie aufschließt ...

Anna räumt ihr Nähzeug weg, viel hat sie nicht geschafft. Morgen früh will sie noch was backen, extra zum Besuch der Eltern. Aber jetzt wird sie schlafen gehen. Sie denkt an einen Spruch ihres Vaters, der Kriminaler ist: *Wer um diese Zeit nicht schläft, der hat ein schlechtes Gewissen.* Sie hofft sehr, dass das nicht für ihren Mann gilt.

4

MITTWOCH, 13. MAI – MORGENGRAUEN

Es ist ein Gefühl, als wär die Welt untergegangen. Und das grad in dem Moment, wo er gedacht hat, dass sein Leben neu anfängt. Wie sie da gehangen hat am Baum auf der Schillerwiese. Es ist schon fast dunkel gewesen, aber er hat sehen können, dass da was ist. Beim Näherkommen hat er erst gedacht, ein paar Kinder hätten sich einen Spaß gemacht und eine Puppe hingehängt. Aber dann, wie er schon fast da gewesen ist, hat er das beunruhigende Gefühl gekriegt, dass er das Muster von dem Kleid kennt. Er ist gerannt, aber zu spät gekommen. Die Vroni, seine Vroni ... was für ein grauenvoller Anblick.

Sie hat auf ihn gewartet, er ist nicht rechtzeitig gekommen – und jetzt ist sie tot.

Sosehr ihn der Anblick entsetzt hat, er konnte die Augen nicht von der Gestalt wenden, die da leicht im Wind hin- und hergeschwungen ist. Er hat nicht gewusst, was er tun soll. Sie abnehmen, in seinen Armen halten? Die Polizei rufen? Ja, das schien eine gute Idee zu sein. Denn hier war ein Verbrechen geschehen, da ist er sich ganz sicher. Und das musste rückhaltlos aufgeklärt werden.

Doch dann hat er innegehalten. Er war mit der Vroni verabredet gewesen, er hatte die Leiche gefunden. Würden sie nicht ihn als Allerersten verdächtigen? Man hörte doch immer wieder, dass Unschuldige verurteilt wurden. Wenn er also jetzt das Verbrechen meldete, dann war er der erste und wahrscheinlich auch einzige Verdächtige – und ein Motiv hätten sie auch schnell erfunden.

Er ist ein paar Schritte zurückgewichen, hat dabei auf die Vroni gesehen, weil er es nicht glauben konnte, weil er immer noch gehofft hat, dass es bloß ein böser Traum war. Er trat mit dem Schuh auf etwas, bückte sich, hob es auf. Ein Taschenmesser. Er führte es ganz nah an seine Augen. Soweit er erkennen konnte, war das ein gewöhnliches Taschenmesser, wie er auch eines hatte, wie es viele Leut hatten. Hat der Mörder es im Kampf mit der Vroni verloren? Hat sie sich gewehrt? Hatte sie ihn gekannt? Warum brachte man überhaupt eine so gute Seele wie die Vroni um?

Aus der Ferne hörte er Stimmen. Die Panik erfasste ihn. Er durfte hier nicht gesehen werden. Er musste sich retten, für die Vroni konnte er jetzt nichts mehr tun.

Er warf das gefundene Taschenmesser in die Donau, weil seine Fingerabdrücke drauf waren. Schnell lief er weg, weit weg von der Schillerwiese.

Gustl Gottswinter rennt bis zum Arnulfsplatz und setzt sich dort auf eine Bank. Hier hat die Vroni gewohnt, hierher hat er sie die letzten Abende begleitet. Jetzt ist sie tot.

Gustl will sich eine Zigarette anzünden, aber seine Hände zittern so stark, dass ihm die Streichhölzer zerbrechen, sobald er sie an die Reibefläche legt. Er merkt gar nicht, dass er weint.

Hinlegen kann er sich nicht. Er hat Angst, dass die Bilder immer wieder vor seinen Augen auftauchen. Er schämt sich jetzt, dass er einfach davongelaufen ist, nicht wenigstens der toten Vroni geholfen hat, wenn er sie schon zuvor nicht vor ihrem Mörder hat schützen können. Wäre er doch pünktlich zu ihrer

Verabredung gekommen, vielleicht wäre das alles gar nicht passiert!

Er weiß vom Krieg, dass nicht alle schnell sterben, die an einen Baum gehängt werden. Je leichter einer ist, desto länger dauert's. Wie sie kämpfen, wie sie an der Schlinge ziehen wollen – es ist schon entsetzlich, wenn's einer von den Feinden ist. Nur einen kurzen Moment kommt ihm der Gedanke, die Vroni könnte sich das selber angetan haben. Aber das kann nicht sein, sie sind frisch verliebt gewesen und haben doch eine gemeinsame Zukunft vor sich gehabt.

Es ist doch eine glückliche Fügung gewesen, dass er vor zwei Wochen in der *Blauen Traube* in Reinhausen eingekehrt ist. Eigentlich hat er sich bei einem Metzger dort in der Nähe als Helfer verdingen wollen, bis der Alois sein Versprechen wahrmacht und ihn auf dem Gutshof vom Höllrigl bei Hainsacker unterbringt, wo sein Bruder selber eine schöne Arbeit hat. Aber der Metzger hat einen Gesellen gesucht, der sich schon auskennt mit dem Schlachten und Zerlegen. Also ist es wieder nichts gewesen, nicht einmal für ein paar Wochen. Er hat nur ein Bier in der *Blauen Traube* trinken wollen – und da hat er sie gesehen. Dem Wirt sind ein paar Gläser vom Tablett gerutscht, und sie ist aus der Kuchl gekommen, um das aufzuwischen. Gustl hat sie beobachtet, und vielleicht hat sie das gemerkt, denn sie hat zu ihm hochgeschaut. Da hat er ihr helfen wollen, aber sie hat nur gelacht und gesagt: »So weit kommt's noch, dass die Gäste da herin arbeiten müssen.«

Er hat gewartet, bis sie mit ihrer Arbeit fertig gewesen ist, dann hat er sich vorgestellt und ihr angeboten, sie heimzubegleiten. Auf dem Weg zum Arnulfsplatz hat er versucht, mehr über sie zu erfahren.

»Sind S' schon lange in dem Wirtshaus?«

»Nein, ich hab erst im Februar angefangen.«

»Ich war heut das erste Mal da. Obwohl ich ein Regensburger bin, hat's mich bisher selten nach Reinhausen verschlagen.«

Sie hat gar nichts dazu gesagt, deshalb hat er einfach weitergeredet. »Wo haben S' denn vorher gearbeitet, wenn ich das fragen darf?«

»Ich bin auf einem Gutshof in der Nähe gewesen, auch in der Kuchl.«

»Hat's Ihnen da nimmer gefallen?«

Er hat schon gemerkt, dass sie ihm ausweichend antwortet, aber das ist ihm nicht so wichtig gewesen. Er hat ja in dem Moment schon gewusst, dass er dieses Mädl jetzt jeden Abend abholen wird, bis sie Ja zu ihm sagt. Denn er wollte mit ihr leben, und wenn der zwölfjährige Bub, von dem sie ihm erzählt gehabt hat, dazugehörte, dann sollte es ihm recht sein.

So stolz ist er gewesen, wie er dem Alois von der neuen Bekanntschaft erzählt hat. Erst ist der große Bruder gar nicht so interessiert gewesen, ein Weibsbild wie andere auch, hat er gesagt, und dass der Gustl bittschön nicht gleich ans Heiraten denken soll.

»Wenn die einen Bankert hat, dann sucht die doch bloß einen Deppen, der wo sie und den Buben versorgt.«

Freilich hat das dem Gustl einen Stich versetzt, aber er hat genau gespürt, dass die Vroni anders war. So oft ist der Alois ihm ein Vorbild gewesen, hat sich um ihn gekümmert … aber jetzt ging's um etwas, was er anscheinend nicht kannte: das Gefühl, dass man zu jemandem gehört und mit diesem Menschen zusammen sein will.

Wenn nur grad die Nacht schon vorbei wäre. Wenn nur grad ein barmherziger Mensch die tote Vroni vom Baum nehmen tät. Die arme Seele hat in Regensburg neu anfangen wollen, aber dann ihn getroffen; und weil der Zufall es mit dem Teufel hält, ist mit dem Gustl nicht die Liebe, sondern der Tod gekommen.

5

MITTWOCH, 13. MAI – MORGEN

Karl wacht auf, es ist schon richtig hell. Warum hat ihn die Mutter nicht geweckt? Er muss doch in die Schule! Jetzt sollt er sich recht sputen, wenn er noch pünktlich kommen, wenn er sich keine Watschn einfangen will. Er hat so lang nicht einschlafen können am Abend zuvor. Erst ist er hinunter ins Treppenhaus und hat sich dort vom Fenster aus den Fackelzug angeschaut. Wie er wieder hinaufgegangen ist, hat er gesehen, dass ein Brotscherzl auf dem Tisch stand. Das hat ihm gewiss die Nachbarin hingestellt gehabt. Er hat's gern genommen und gleich gegessen, er konnte ja nicht wissen, ob die Mutter was aus der Arbeit mitbringt, einen Rest Suppe oder einen Knödel. Lang hat das Scherzl leider nicht hergehalten, und mit Hunger ist auch schlecht einschlafen. Aber irgendwann ist er dann doch weggedämmert …

Karl steht schnell auf, schiebt den Vorhang beiseite, der sein Bett von der Kammer trennt, die er mit der Mutter teilt. Aber das Kanapee ist unberührt.

Er überlegt, was geschehen sein könnte. Vielleicht hat sie länger arbeiten müssen und ist dann in der Wirtschaft geblieben? Das hat sie zwar noch nie gemacht, aber es ist schon möglich. Wo sollte sie denn sonst sein?

Karl denkt daran, dass sie die letzten Tage besser aufgelegt gewesen ist als sonst. Freilich, sie ist immer lieb zu ihm, aber manchmal hat er schon diese Traurigkeit gespürt, dass sie so wenig Zeit für ihn hat, dass sie so viel arbeiten muss, dass er ohne Vater aufwächst. Aber jetzt ist sie anders. Manchmal singt sie ein Lied und lächelt glücklich, wenn sie ihn morgens weckt. Außerdem hat sie gesagt, dass sie vielleicht noch einmal mehr Glück im Leben haben wird.

Der Satz kommt Karl jetzt komisch vor. Wenn die Mutter Glück haben will – vielleicht geht das nur, wenn sie ihn loswird? Ist sie einfach weggegangen und hat ihn zurückgelassen? Nein, das kann er sich nicht vorstellen. Die Mutter wird immer für ihn da sein, so wie sie bisher immer für ihn da gewesen ist.

Eine Möglichkeit gibt es noch, aber an die mag Karl gar nicht denken. Er spürt die aufsteigende Angst, dass seiner Mutter etwas passiert sein könnte. Er zieht sich an, schaut, ob er noch irgendwo etwas zu essen findet, aber außer einem Rest Milch ist da nichts mehr.

6

MITTWOCH, 13. MAI – MORGEN

Ein Arbeiter, der schon vor Sonnenaufgang mit dem Radl die Donau entlang in Richtung Hafen fährt, findet Veronika Haberl. Wieder so ein armes Luder, das nicht genug zum Leben gehabt hat, denkt er, nachdem er den ersten Schrecken überwunden hat. Dann fährt er weiter zur Polizei und erstattet Bericht. Der Mann gibt zu Protokoll, was er weiß. Das ist nicht viel. Er hinterlässt noch seine Adresse, dann kann er gehen. Am liebsten würde er jetzt beim *Kneitinger* einkehren und zum Frühstück ein Bier trinken in der Hoffnung, dass dann auch das Bild der Toten aus seinem Kopf verschwindet. Aber er muss zur Arbeit, er kann sich solche Befindlichkeiten nicht leisten. Er weiß jetzt schon, dass ihm dieser Morgen noch lange nachgehen wird. Das arme Mensch … Fast ist er versucht, ein Vaterunser für die Frau zu beten.

*

Die Polizei konstatiert das Auffinden einer unbekannten Frau auf der Schillerwiese, Tod durch Erhängen, womöglich selbst herbeigeführt. Bei Selbstmord wäre die Sache eigentlich erledigt, da gibt's keine weiteren Ermittlungen. Und auf Mord deutet zunächst nichts hin.

Jetzt müsste man nur noch wissen, wer das arme Luder ist, das sich da umgebracht hat, denkt Kriminalassistent Hierhammer, der als einer der Ersten vor Ort ist. Wegen dem Warum braucht man sich nicht so viele Gedanken zu machen. Vielleicht schwanger oder zumindest unglücklich verliebt, vielleicht ist sie auch auf die schiefe Bahn geraten oder hat die Arbeit verloren ... Wer kann schon wissen, was in einer verirrten Seele vor sich geht? Nicht einmal die katholische Kirche will sich so einer Leiche annehmen. Die Frage ist trotzdem, wer die Beerdigung zahlt. Allein deshalb wär's schon wichtig herauszufinden, wer die Frau ist.

Komisch, denkt Hierhammer noch auf dem Weg zurück, heutzutage ist auf der Schillerwiese ein Bad. Aber früher, da war's die Regensburger Hinrichtungsstätte. Ob das arme Mensch sich den Ort absichtlich ausgesucht hat?

7

MITTWOCH, 13. MAI – MORGEN

Walter Kreitmayr wälzt sich von einer Seite auf die andere. Wenn bloß der Schädel nicht so wehtun würde. Er hat doch gar nicht so viel getrunken beim Stammtisch, oder? Wann ist er überhaupt heimgekommen? Er weiß es nimmer so genau, es ist eigentlich auch wurscht, denn er muss bald los in die Arbeit.

Er streckt seinen Arm zum zweiten Kopfkissen aus. Die Anna ist schon aufgestanden. Erst jetzt fällt ihm auf, dass es nach frisch gebackenem Kuchen duftet. Seine Frau ist fleißig.

Kurz überlegt er, ob er liegen bleiben soll, aber das geht nicht. Er muss Geld verdienen. Außerdem ist heut sowieso kein schöner Tag daheim. Die Schwiegereltern kommen aus München, da ist es besser, wenn er länger in der Werkstatt bleibt. Oder gleich von dort wieder ins Wirtshaus geht.

Früher, da haben sie ihn gut leiden können, die Wurzers, das weiß er genau. Als Freund ihrer beiden Söhne war er immer gern gesehen. Vielleicht haben sie ihm übel genommen, dass er mit ihrer Tochter aus München weggezogen ist. Oder dass er die gute Stelle bei der Eisenbahn aufgegeben hat. Aber er lässt sich doch nicht zum Lokomotivführer ausbilden und macht sich dann im Gleisbau kaputt, weil momentan gerade dort der Bedarf an Leuten so groß ist. Dann lieber Mechaniker in einer Autoreparaturwerkstatt, das hat Zukunft. Und wenn er schon nicht Lokführer sein kann, dann wenigstens von Zeit zu Zeit das Automobil eines

Kunden fahren. Insgeheim aber muss sich Walter eingestehen, dass seine Leidenschaft der Eisenbahn gilt; und dass es ihn furchtbar ärgert, wenn er sich in der Werkstatt von den Großkopferten von oben herab behandeln lassen muss, weil sie das Geld haben für einen Wagen und er bloß die Arbeit damit hat.

Er hört einen Rums aus der Küche, dann die kleine Sophie schreien. Die beschwichtigende Stimme seiner Frau, die das Mädl tröstet und beruhigen will. Gleich darauf klopft sie an die Tür.

»Walter, aufstehen! Es ist höchste Zeit.«

»Ja!«, ruft er, und es klingt unfreundlicher, als er das eigentlich wollte. Es ist nicht Annas Schuld, dass ihm der Schädel so brummt.

Er setzt sich auf, hält sich den Kopf, atmet tief durch.

»Walter, kommst du?«

»Ja«, schreit er lauter als zuvor, und jetzt wird er doch noch grantig. Irgendwo muss sie auch hin, seine schlechte Laune, und die Anna in ihrer Frische und Tüchtigkeit, da hat er schon manchmal das Gefühl, dass er so eine fesche Frau gar nicht verdient hat. Vor allem, wenn er so beieinander ist wie heute früh.

Walter steht auf, schnauft tief durch, zieht sich die Hose an, die ordentlich über einem Stuhl hängt. Das hat bestimmt nicht er gemacht, aber so ist sie halt, seine Anna. Er geht gleich rüber in die Kuchl, in der Hoffnung, dass es so etwas wie Kaffee gibt und die Kinder nicht allzu laut sind.

Kurz wirft er noch einen Blick auf das Bett. Die Anna wird es gleich herrichten, das Schlafzimmer. Die Schwiegerleut kriegen es, während sie da sind. Hoffentlich bleiben sie nur eine Nacht. Gewiss ist das noch nicht. Eigentlich sieht er überhaupt nicht ein, dass er in seiner eigenen Wohnung auf dem Kanapee schlafen soll. Aber die Anna hat gesagt, das gebiete der Anstand, dass die Eltern das Schlafzimmer bekommen.

In der Kuchl liegt seine Brotzeit für die Arbeit fertig auf dem Tisch. Ein Kaffee ist eingeschenkt. Anna wischt gerade Sophie den Mund ab, Kaspar kaut an seinem Brot.

»Denk dran, dass meine Eltern kommen!«, sagt Anna.

»Hab's ned vergessen.«

»Dann wär's schön, wenn du früher daheim wärst.«

Er will ihr gerade ärgerlich antworten, weil er den Vorwurf schon heraushören kann, da klopft es an der Tür. Anna geht hin, macht auf. Der Bankert von der Nachbarin, die unterm Dach wohnt, steht da, er ist fast am Weinen.

»Die Mama ist ned heimkommen«, sagt er und schaut Anna ratlos an.

Walters Gesicht verfinstert sich. »Wird sich schon einer gefunden haben, der wo ihr eine Bettstatt angeboten hat«, raunzt er, nimmt seine Brotzeit und drückt sich an Karl vorbei zur Tür hinaus.

Karl hat anscheinend gar nicht so ganz verstanden, was Walter damit meint, und schaut fragend zur Anna, die ihn in die Kuchl zieht.

»Jetzt kommst erst einmal rein.«

Walter poltert derweil schon die Treppen hinunter.

Die kühle Morgenluft tut gut. Essen kann er noch nichts, er hat das Gefühl, er würd's nicht behalten. Er weiß, dass er nicht so grob zu seiner Anna hätte sein dürfen. Die letzte Zeit gibt's so oft Streit …

Manchmal denkt er daran, wie sie früher ausgegangen sind, wie viel Gaudi sie vor dem Krieg hatten, auf der Wiesn, an der

Isar, im Englischen Garten. Allerweil sind sie unterwegs gewesen, ihre Brüder und er, und das Annerl ist oft mitgekommen. Irgendwann hat er sie liebgewonnen und geschaut, dass er was mit ihr allein unternehmen kann. Nichts anderes hat er gewollt für sein Leben, als mit diesem Mädl eine Familie zu haben. Gescheit arbeiten, gut verdienen, mindestens fünf Kinder und glücklich sein bis ans Lebensende. War's der Krieg, der alles verändert hat, auch ihn? Oder müsst er sich einfach mehr zusammenreißen und die Sauferei bleiben lassen? Er weiß es nicht. Nur dass es anders gekommen ist, als er sich das gewünscht hat.

8

MITTWOCH, 13. MAI – VORMITTAG

Karl hat nicht viel mehr erzählen können als das, was er schon in der Tür gesagt hat: Die Mutter ist in der Nacht nicht heimgekommen. Er will nicht zur Schule, er möchte sie suchen und hat sich überlegt, dass er erst zum Wirtshaus geht, wo sie arbeitet. Er kennt den Weg, hat er Anna versichert und sich dabei ganz erwachsen gegeben.

Aber sie hat ihn davon überzeugt, dass um diese Uhrzeit wahrscheinlich noch gar niemand da ist und er erst einmal ordentlich frühstücken soll. Sie hat ihm ein Brot gemacht, und jetzt isst er und wendet sich abwechselnd Kaspar und Sophie zu, die beide seine Aufmerksamkeit einfordern und mit ihm spielen wollen.

Anna ist froh, dass er durch die Kinder und das Frühstück ein bisschen abgelenkt ist. Er soll nicht merken, wie sehr es sie selber beunruhigt, dass die Vroni nicht da ist.

Dass sie als Küchenhilfe nicht besonders viel verdient, ist der Anna von Anfang an klar gewesen. Also hat sie ihr nach dem Einzug im Februar geholfen, hier einen alten Tisch und dort ein paar Stühle zusammenzukaufen. Der Wirt von der *Blauen Traube* hat den Ofen und die Bettstatt für den Buben spendiert und auch vorbeigebracht. Ein altes Kanapee und ein abgenutztes Küchenbüfett haben sie auch noch aufgetrieben. Anna hätte es gern gesehen, wenn ihr Walter der neuen Nachbarin ein bisschen zur Hand gegangen wär, aber der hat sich gleich rausgeredet, dass er für so ein liederliches Weibsbild mit einem Bankert keinen Finger rührt.

Anna weiß ja auch nicht, ob es den Vater vom Karl noch gibt, ob er sich irgendwie kümmert, ob er was zahlt. Es geht sie nichts an, aber wenn sie die Armut sieht, in der die Vroni und der Karl leben, dann fragt sie sich schon, ob da wirklich einer ist, der zu dem steht, was er getan hat.

Anna schaut zu, wie der Karl ihren Kindern das Reitpferd spielt, wie er sie Huckepack nimmt und durch die kleine Kuchl springt.

Ob er weiß, dass seine Mama seit Kurzem einen Verehrer hat? Richtig gesehen hat Anna ihn nicht, aber gehört hat sie die beiden, wenn er die Vroni abends heimgebracht hat und sie sich unten vor der Haustür noch verabschiedet haben. Das weiß halt keiner, dass man hier oben bei offenem Fenster was hört, wenn unten jemand redet. Freilich hat sie nicht jedes Wort verstanden, das geht sie auch gar nichts an, aber da ist dieses vertraute Flüstern gewesen, das leise Lachen, eine kleine Annäherung und dann doch nur ein Abschied mit einem Händedruck. Er ist jedes Mal gegangen, die Vroni hat ihm nachgeschaut und gewinkt, das hat Anna im Schein der Laterne dann doch sehen oder zumindest erahnen können.

Vielleicht hat die Vroni gestern nach der Arbeit wieder eine Verabredung mit dem Fremden gehabt. Und dieses Mal hat er sie eben nicht heimgebracht, sondern mit zu sich genommen. Hoffentlich ist das so. Denn der Gedanke, dass ihr etwas passiert sein könnte … Nein, die haben sich gewiss einen schönen Abend gemacht, sie haben verschlafen …

Es passt nicht so recht zur Vroni, aber es kann ja mal passieren im Überschwang der Gefühle.

Anna merkt selber, dass sie sich da was zurechtstrickt. Sie spürt Karls Angst. Sie hat auch Angst. Sie kennt die Vroni und ihren Buben noch nicht so lange, aber es ist klar, dass der Karl ihr Ein und Alles ist und dass sie immer für ihn da sein will.

9

MITTWOCH, 13. MAI – VORMITTAG

Als es hell wird, bemerkt Gustl die Blicke der Passanten, die etwas scheel auf den verzweifelten Mann im zerknitterten Anzug schauen, der auf einer Bank am Arnulfsplatz sitzt. Er steht auf und geht in Richtung Ostengasse, wo er bei einer Witwe ein Zimmer gemietet hat. Die Frau mustert ihn kritisch, aber er sagt nichts außer »Guten Morgen«, geht gleich in sein Zimmer, wirft sich aufs Bett und möchte am liebsten schlafen und alles vergessen, doch wenn er die Augen zumacht, sieht er das Bild der toten Vroni.

Irgendwann muss er doch eingenickt sein, weil ihn schließlich ein energisches Klopfen an der Zimmertür weckt.

»Ihr Bruder ist da!«

Gustl muss sich erst zurechtfinden, fragt sich, wo er gerade überhaupt ist, da tritt Alois schon in die Kammer und sieht ihn irritiert an.

»Wie schaust denn du aus?«

Gustl antwortet mit einer Gegenfrage: »Was willst du denn hier?«

Alois setzt sich zu ihm aufs Bett. »Wie du gestern auf dem Gut gewesen bist, um dich vorzustellen … ich war auf einmal weg, das tut mir leid. Freilich hab ich dir versprochen, dass ich dich nach deinem Gespräch mit dem Gutsherrn wieder zurück nach Regensburg fahr, weil du eine Verabredung hast. Aber auf einmal hab ich noch dringend was erledigen müssen, und wie ich zurückgekommen bin, da bist du schon weg gewesen.«

Gustl nickt nur wortlos.

»Aber dem Gutsherrn, dem hast du recht gut gefallen. Er hat mir nachher gesagt, wenn du willst, kannst du gleich bei uns anfangen. Du bist dann für die Einkäufe im Haus zuständig, dass der Keller und die Vorratskammer voll sind. Musst einen Haufen Weiber beaufsichtigen – aber pass auf, vor allem die Köchin hat Haare auf den Zähnen.«

Gustl schweigt weiterhin, dreht sich vom Bruder weg in Richtung Wand, weil er mit den Tränen kämpft und das vor ihm verbergen willst.

»Was hast denn?«, fragt Alois nach. »Freust dich ned, dass du endlich eine richtige Stelle hast? Und dann auch noch auf dem Gutshof, wo ich was zu sagen hab? Wir wohnen wieder zusammen, und ich pass schon auf, dass mein kleiner Bruder ned wieder einen Schmarrn macht – genau wie früher.« Er lacht.

Da hält Gustl es nicht mehr aus, wendet sich ihm zu. »Die Vroni ist tot.«

Alois schaut ihn irritiert an. »Ich hab gedacht, ihr hättet euch gestern auf d' Nacht getroffen! Deshalb hast doch so schnell zurück in die Stadt gewollt.«

Gustl erzählt ihm, wie er zu spät gekommen ist, weil er ja nach dem Vorstellungsgespräch auf dem Gutshof die ganze Strecke nach Regensburg zu Fuß hat gehen müssen, und wie er sie tot am Baum hängend vorgefunden hat.

»Vielleicht hat sie sterben wollen«, sagt Alois, aber Gustl schüttelt energisch den Kopf. »Das hat ihr einer angetan. Den wenn ich erwisch …«

»Es ist gut, dass du ned die Polizei gerufen hast«, unterbricht ihn Alois. »Freilich hätten die dich als Allererstes verdächtigt. Und wenn's kein Motiv gibt, dann hätten sie dir eins angedichtet. Helfen hättest deiner Freundin sowieso nimmer können.«

Gustl wischt sich verstohlen die Tränen weg.

Alois erspart ihm markige Sprüche zum Thema Männlichkeit, klopft ihm auf den Rücken. »Komm mit, wir gehen frühstücken. Schaust ja selber aus wie der Tod.«

Frische Weißwürst und ein Bier … dem Gustl tut es gut, dass er was in den Magen kriegt und mit seinem Bruder reden kann. Der will gar nicht so viel über die tote Vroni wissen, sondern fragt ihn aus, wie es ihm auf dem Gut gefallen hat. Gustl muss zugeben, dass ihn das stattliche Anwesen beeindruckt hat. Der junge Höllrigl, der es von seinem Vater geerbt hat, habe ihn auch gleich gefragt, ob er national sei.

Alois lacht. »Ich hab dir ja gesagt, dass ihm das wichtig ist.«

Gustl nickt: »Deswegen hab ich auch geantwortet, was wir ausgemacht haben. Dass das Land eine Erneuerung braucht und dass ich da gern dabei sein möchte.«

»Mehr hast ned gesagt?«

Für einen Moment taut Gustl auf: »Doch, schon. Ich hab all das nachgeplappert, was du in letzter Zeit erzählst. Volk und Vaterland, weg mit den Kommunisten, und die Juden sind an allem schuld. Und jetzt, wo der Hitler wieder frei und die NSDAP neu gegründet ist, da müssen wir auch nicht mehr heimlich die neue Zeit vorbereiten.«

Alois wirkt verärgert. »Mach dich ned drüber lustig. Wir leben für unsere Idee, und dafür würden wir auch sterben.«

Gustl schweigt, widmet sich seinen Weißwürsten. Alois scheint sich zu beruhigen, redet mit normaler Stimme weiter.

»Merk dir: Wir sind ein Teil der nationalen Erneuerung. Bei uns werden die Leute ausgebildet für den bevorstehenden Kampf. Wir haben die Waffen, wir haben die Ausrüstung, wir haben das Geld. Bei dem, was wir vorhaben, darf sich uns niemand in den Weg stellen.«

Gustl kennt das alles. Es ist ihm egal. Er kann nur an die Vroni denken.

»Hat er sonst noch was gesagt, der junge Höllrigl?«, fragt Alois nach.

Gustl nickt: »Dass ich an meiner Haltung arbeiten, energischer auftreten und lauter reden soll, damit mich die Leut überhaupt ernst nehmen. Und wie wichtig Einkäufe und Lagerung sind.«

Alois nickt zustimmend, hält dem Bruder die Hand hin. Der nimmt sie, schüttelt sie. »Ein gscheiter Händedruck wär auch ned schlecht«, sagt Alois und lässt die Hand los.

»Ich kann morgen schon meine Kammer auf dem Gut beziehen, und am Freitag fang ich an«, sagt Gustl.

Alois sieht ihn aufmunternd an. »Das wird ein ganz neues Leben. Und dann wirst das Mädl auch schnell vergessen, weil auf dem Hof, da laufen genug hübsche Mägde herum.«

Gustl schaut schweigend auf seinen Teller und versucht wieder, die Tränen zu unterdrücken.

»Eine Ledige mit einem zwölfjährigen Buben«, setzt Alois nach. »Ich hab dir gleich gsagt, das ist nix fürs Heiraten. Und was die Polizei angeht: Es ist besser, wenn's von dem Weib keine Verbindung zu dir gibt.«

Gustl stutzt, ihm fällt etwas ein. Freilich merkt das der Alois, schaut ihn prüfend an. »Was ist los?«

»Ich hab ihr kleine Brieferl gschrieben …«, gibt Gustl zögernd zu.

»Aber ned unterschrieben, hoff ich.«

»Doch, einen oder zwei schon …«

»Aber bloß mit ›Gustl‹, oder?«

Gustl schweigt, schaut seinem Bruder nicht in die Augen.

»Herrschaftszeiten«, flucht Alois, »bist ned blöder? Wenn die Polizei einen Täter sucht, filzt sie auch die Wohnung von deinem Gspusi. Und dann bist aber fällig.«

»Vielleicht hat die Vroni die Zettel weggeworfen«, hofft Gustl.

»Schau lieber nach«, grantelt Alois. »Und lass dich ned derwischen.«

Nachdem Alois gefahren ist, geht Gustl vom Wirtshaus zur Steinernen Brücke und schaut in Richtung Schillerwiese. Er kann das Gelände von hier aus nicht sehen, das ist zu weit, aber trotzdem erscheint vor seinem geistigen Auge immer wieder die tote Vroni, die am Baum hängt. So bekommt er gar nicht mit, wie es um ihn herum zugeht. Er stützt sich auf die Brüstung, lässt sich rempeln, blendet das Geschrei der Leute aus, das Wiehern der Pferde, das Gebimmel der Straßenbahn, das Geknatter eines Automobils. Ja, er hat sich eine recht belebte Ecke in Regensburg ausgesucht, denn auf der Steinernen Brücke fordert jeder Verkehrsteilnehmer sein Recht. Die Kutscher mit den Pferdefuhrwerken, die Radfahrer, die Fußgänger, die Autolenker – alle sind der Meinung, dass die Brücke ihnen gehört und die anderen ausweichen sollen; wobei die Straßenbahn natürlich nicht ausweichen kann.

Er schaut runter ins Wasser, in die Strudel der Donau. Ob man stirbt, wenn man da hinunterspringt und auf einen der Brückenpfeiler aufschlägt? Ob man ertrinkt, wenn man ins Wasser stürzt? Ist er tot, wenn er sich vor die Straßenbahn wirft? Ob er die Vroni wiedersieht, wenn er gestorben ist, so wie das manche Leute glauben?

Ja, er möchte sterben, jetzt, hier und gleich. Aber dafür ist er zu feig.

10

MITTWOCH, 13. MAI – VORMITTAG

Anna sitzt auf einer Bank vor ihrem Haus, die Kinder spielen Schusser. Das heißt, Sophie lässt die Murmeln nur fallen und versucht sie wieder einzusammeln, und Kaspar erklärt ihr unermüdlich, wie das Spiel eigentlich geht. Hilft nur nichts, sie ist halt noch zu klein. Karl sitzt neben Anna. Er ist tatsächlich zur *Blauen Traube* gelaufen, weil er überzeugt davon war, dass seine Mutter dort geschlafen hat. Das Wirtshaus ist noch geschlossen gewesen, und Karl hat den Wirt herausgeklingelt, der grantig geworden ist.

»Er sagt, dass die Mama gestern Abend schon um acht gegangen ist, und seitdem hat er sie nimmer gesehen.«

Anna sieht den Buben irritiert an. »Wieso ist sie schon so früh weg?«

Karl ist den Tränen nahe. »Er meint, sie hat sich auf d' Nacht freigenommen. Aber sie hat mir nix gesagt! Sie erzählt mir doch sonst immer alles!«

Er wischt sich die Augen, sieht sich verstohlen um, weil er nicht möchte, dass es jemand bemerkt. Kaspar und Sophie hören auf, mit den Schussern zu spielen, und schauen still auf ihren verzweifelten großen Freund. Sophie geht zu ihm, legt ihre kleine Hand auf sein Knie: »Kall«, sagt sie. »Ned weinen.«

Da fließen die Tränen erst recht. Anna reicht ihm ihr Taschentuch, denkt nach. Der Bub braucht eine Ablenkung und eine Aufgabe, solang keiner weiß, wo die Vroni steckt.

»Überleg doch noch mal ganz genau: Wo könnt sie sein?«

Karl zuckt nur die Schultern.

»Deine Mama hat doch eine Tante in der Nähe von Regensburg, oder? Das hat sie mir mal erzählt.«

Karl nickt knapp. »Von der hören wir nie was. Und zu der ist sie auch gewiss ned hin.«

Eine Weile schweigen sie. Anna denkt an den Mann, der die Vroni in letzter Zeit nach der Arbeit heimgebracht hat. Ob sie sich doch mit ihm getroffen und die Zeit vergessen hat? Auch wenn sie bisher vollkommen sicher gewesen ist, dass die Vroni den Karl nicht in dieser Unsicherheit lassen würd ... Weiß man's, was ein Mensch tut, wenn er frisch verliebt ist?

Es ist grad wenig los auf dem Arnulfsplatz. Manchmal herrscht hier ein buntes Treiben, die Leute stehen da und ratschen, die Kinder spielen, aber heute ist ein Werktag, und alle gehen ihrer Arbeit nach, denkt Anna. Sie bemerkt, dass Karl auf die Eingangstür zum Haus starrt.

»Was ist denn, Karl?«

»Da steht einer schon die ganze Zeit, als ob er warten tät.«

Anna wendet sich um, mustert den Mann. Schlecht sieht er aus. Bleich wie der Tod, sein Anzug verknittert. Er schaut sich um, wirkt unsicher. Dann gibt er sich einen Ruck, will ins Haus gehen, doch Frau Gschwendtner kommt heraus, die Nachbarin von unten. Die sieht ihn prüfend an, fragt ihn, zu wem er denn wolle. Er behauptet, er habe sich in der Adresse geirrt, entschuldigt sich und geht.

Anna schaut ihm kurz nach, aber sie hat nicht mehr viel Zeit, sie will die Eltern vom Bahnhof abholen. Was soll sie bloß machen? Den Karl einfach mitnehmen? Oder zulassen, dass er weiter herumläuft?

Sie steht auf. »Wir müssen uns fertig machen. Die Oma und der Opa kommen bald.« Sie wendet sich Karl zu, aber der nimmt ihr die Entscheidung ab.

»Ich geh noch mal in die *Blaue Traube*. Weil wenn ihr Dienst beginnt, dann ist die Mama gewiss wieder da. Der Wirt hat selber gesagt, dass er noch keine so zuverlässige Küchenhilfe wie sie gehabt hat.«

Er will schon los, achtet nicht auf den Radler, der seinetwegen bremsen muss und verärgert klingelt. Karl stutzt kurz, dann sieht er noch einmal zu Anna. »Vielleicht hat sie ja einen Unfall gehabt«, sagt er besorgt.

»Am besten fragst gleich mal im Krankenhaus nach«, schlägt Anna vor.

Karl schaut sie mit einer Mischung aus Sorge und Hoffnung an, nickt nur kurz, schon ist er weg.

*

Die Kinder sind begeistert, weil sie mit der Straßenbahn fahren dürfen. Die Hände an den Scheiben, schauen sie hinaus, freuen sich, wenn die Tram an Fußgängern, Radlern und Pferden vorbeifährt und bimmelt. Anna genießt die kleine Stadtrundfahrt, so oft kommt sie auch nicht raus.

Vor vier Jahren sind sie wegen Walters Arbeit bei der Bahn nach Regensburg gezogen. Die Stadt ist sehr viel kleiner als München, aber auch gemütlicher. Die schönen Kirchen, vor allem der Dom, das ehrwürdige Rathaus, die Steinerne Brücke. Freilich vermisst sie ihre Eltern, auch die Freundinnen von früher, aber über die Kinder hat sie schnell Anschluss gefunden, wenigstens ein paar Frauen, mit denen man beim Einkaufen ratscht, die einem auch Ratschläge geben, wo man was am besten besorgt. Ihr Lieblingsplatz ist unten an der Donau. Manchmal, wenn schönes Wetter ist, geht sie mit den Kindern hin. Sie breiten eine Decke aus, setzen sich, machen Brotzeit ... Man muss zwar die ganze Zeit auf die Kinder aufpassen, dass sie nicht ins Wasser fallen, aber es ist ein bisschen Abwechslung, eine Sommerfrische im Alltag. Wenn sie ganz viel Glück hat, kommt der Walter mit.

Sie ruckeln weiter in Richtung Bahnhof, und Anna weiß, für die Kinder wartet dort schon die nächste Sensation: die riesigen Lokomotiven, die vielen Menschen, der ganze Trubel.

Es dauert eine Weile, bis sie ihre Eltern unter den Ankommenden ausmachen kann.

»Schaut, da sind die Oma und der Opa«, sagt sie zu ihren Kindern und führt sie an der Hand durch die entgegenkommende Menge der Reisenden.

»Winkt doch einmal«, sagt sie dann lachend, »ich hab ja wegen euch keine Hand frei!«

Auch die Großeltern winken. Marei Wurzer nimmt ihre Tochter in den Arm, mustert sie mit einem liebevoll prüfenden Blick. Wurzer wischt sich vorher noch den Schweiß ab, weil die Koffer gar so groß und so schwer sind.

»Habts eine gute Reise gehabt?«, fragt Anna und wartet gar nicht auf die Antwort, sondern schaut ihre Eltern glücklich an: »So schön, dass ihr da seids.«

Wurzer und seine Frau beugen sich zu den Kindern, wollen sie begrüßen, aber Sophie und Kaspar schmiegen sich gschamig an die Mutter.

»Ja, wollt ihr uns ned Grüß Gott sagen?«, fragt Wurzer und streckt die Hand aus.

»Mei, sie haben uns schon ein paar Monate nimmer gsehen, gell«, meint seine Frau und lächelt die Kinder herzlich an. »Aber gwachsen seid ihr, und wie!«

Dabei streicht sie den Kindern über den Kopf und unterzieht auch sie einer eingehenden Betrachtung. Der Bub mit den kurzen braunen Haaren und dem selbstbewussten Blick aus seinen dunklen Augen, die er vom Walter hat. Aus der Hose ist er fast rausgewachsen, denkt Marei Wurzer und schaut dann freundlich, aber auch prüfend auf die kleine Sophie mit ihren dünnen Zöpfen und den hellen Augen. Ein fragender Blick auf das Kleidchen. Hat nicht die Anna mal einen Rock mit diesem Muster gehabt? Hat sie etwa aus dem alten Gewand etwas für ihre Sophie genäht? Steht es so schlecht um die Familie, dass sie dem Kind nichts Neues kaufen können? Das alles überlegt Marei Wurzer, während sie weiterredet. Dass das Mäderl so liab ist, dass der Bub so groß ist, dass sie eine schöne Reise hatten und sich so sehr freuen, endlich wieder ihr Annerl zu sehen. Wie es denn dem Walter gehe?

»Jetzt kommts erst mal mit zu uns heim«, sagt Anna und will den Koffer nehmen.

»Nix da, das mach ich«, winkt Wurzer energisch ab.

Anna mustert ihre Eltern. Alt sind sie geworden, findet sie. Der Gedanke gefällt ihr nicht. Für sie sind sie immer stark gewesen, klug, bedächtig, gute Ratgeber, verständnisvoll. Wie sehr sie sich verändert haben, nachdem die beiden Buben gefallen sind ... Aber daran mag sie jetzt nicht denken. Sie sind da – und es ist ein Glück.

Sie fahren mit der Tram durch die Stadt, das letzte Stückerl gehen sie dann zu Fuß. Unterwegs gibt es für Marei und Benedikt Wurzer genug zu bestaunen.

»Schad, dass wir bloß bis morgen Nachmittag da sind«, meint Marei Wurzer. »Ich würde schon gern ein bisserl länger bleiben und wieder mal den Dom besichtigen und die Alte Kapelle.«

An der Donau schaut Benedikt Wurzer hinüber nach Stadtamhof. »Gehört das noch zu Regensburg?«

»Schon, aber erst seit letztem Jahr. Vorher war das ein eigenes Dorf.«

»Da wär aber auch nett wohnen«, meint Marei Wurzer.

Anna sagt lieber nichts. Ihre Eltern wissen zwar, dass sie umgezogen sind, aber noch haben sie die Wohnung am Arnulfsplatz nicht gesehen. Trotzdem werden sie sich ausrechnen können, dass der Walter nicht mehr so viel Geld verdient. Aber auf keinen Fall sollen sie erfahren, dass er von dem Lohn, den er in der Werkstatt bekommt, auch noch einen guten Teil im Wirtshaus lässt. Es geht die Eltern nichts an, und außerdem würden sie sich Sorgen machen. Sie hat sich überlegt, dass sie, wenn die beiden nachfragen, behaupten wird, es sei nur vorübergehend, sie würden gerade was Besseres suchen, aber das dauere halt, weil es nicht so viele schöne Wohnungen gebe.

Die Eltern sagen nichts, als sie über den belebten Arnulfsplatz gehen und in das Haus treten, das schon ein bisserl nach vielen Mietsparteien riecht. Mühsam schleppt Wurzer die Koffer drei Stockwerke hinauf, während Anna oben schon aufsperrt und ihre Mutter mit den Kindern hineingeht. Es ist blitzsauber und aufgeräumt, auf dem Tisch liegt eine weiße Decke aus Annas Mitgift, wie Marei Wurzer gleich bemerkt.

Auf den letzten Metern hilft Anna ihrem Vater mit den Koffern. Ihr Blick geht die Treppe hoch zum Dachboden mit dem Kammerl. Ob der Karl wieder zurück ist? Ob er etwas herausgefunden hat? Für einige Zeit hat sie die Vroni vergessen. Fast schämt sie sich dafür. Während auch ihr Vater die Wohnung betritt, geht sie schnell hoch und klopft kurz, aber niemand macht auf.

Als sie zurückkommt, hilft ihre Mutter Sophie, die Schuhe auszuziehen, während ihr Vater am Fenster steht. Aber er schaut nicht hinaus, sondern fährt mit dem Finger über eine feuchte Stelle unterhalb des Fensterbretts. Anna weiß, dass seinem Blick nichts entgeht, denn als Kriminaler kommt er in viele Wohnungen und erfasst das Wesentliche mit einem Blick. Sicher hat er gleich bemerkt, dass seine Tochter hier eher armselig wohnt. Und bestimmt macht er sich auch Gedanken darüber, warum das so ist.

Aber er sagt nichts zu seinen Beobachtungen, geht zum Kanapee, nimmt Platz.

Kaspar setzt sich neben ihn, während Marei Wurzer wieder auf die kleine Sophie einredet und Anna den Kuchen auf den Tisch stellt, den sie zur Feier des Tages gebacken hat. Hoffentlich hat der Walter nicht vergessen, dass er heute früher heimkommen soll.

II

MITTWOCH, 13. MAI – NACHMITTAG

Karl hat im katholischen Krankenhaus nachgefragt, auch zu den Protestanten ist er gegangen, aber seine Mutter war nirgends zu finden.

Jetzt steht er in der *Blauen Traube*, redet mit dem Wirt, dann mit dem Koch. Die Hoffnung, dass seine Mutter zum Dienstbeginn erscheint, weil sie doch immer so pflichtbewusst ist, verfliegt von einem Moment auf den anderen. Den ganzen Weg über hat er sich gesagt, dass sie ja weiß, sie kann ihn allein lassen, weil er schon groß und selbstständig ist; aber egal, wo sie über Nacht war, zur Arbeit würde sie auf alle Fälle gehen.

Er setzt sich eine halbe Stunde hin und wartet. Alle schauen ihn mitleidig an, die Wirtin drückt ihm ein Brot mit Wurst in die Hand. Er bedankt sich und isst, dann hat er das Gefühl, dass er stört und sie sich über seine Mutter ärgern, weil sie in der Kuchl fehlt. Er geht auf die Donauinsel, wo sie manchmal sind, wenn die Mama freihat. Er will irgendwo sein, wo er ihr nahe ist, wo er in Ruhe an sie denken kann, ohne dass ihn jemand fragt, warum er sich die ganze Zeit in der Stadt herumtreibt. Er setzt sich, schaut aufs Wasser. Die unruhige Nacht macht sich jetzt bemerkbar; erschöpft schläft er ein.

Als er aufwacht, ist es schon später Nachmittag. Er merkt, dass ihm nun nichts anderes übrig bleibt, als wieder heimzugehen.

Immer noch ist da die kleine Hoffnung, dass die Mama wieder da ist. Doch als er die Kammer betritt, ist alles so, wie er es verlassen hat.

Er kann hier nicht allein bleiben, das weiß er. In der Schule hat er einmal mitbekommen, dass von einem Mädchen, dessen Vater im Krieg gefallen war, die Mutter gestorben ist. Das Mädchen ist ins Heim gekommen, weil die Verwandtschaft es nicht aufnehmen konnte oder wollte. Karl hat dann seine Mutter gefragt, ob sie eigentlich Verwandtschaft haben, die sich um sie beide kümmern könnte. Er hat ausdrücklich gesagt: *um uns beide.* Denn er wollte nicht sagen, dass er an ihren Tod denkt und daran, was das für ihn bedeuten würde. Die Mutter hat sich daraufhin mit ihm an den Tisch gesetzt und erzählt. Dass ihre Eltern inzwischen gestorben seien. Dass sie zwei Brüder und eine Schwester habe, die aber ihre eigenen Familien und ihre eigenen Sorgen hätten.

Es ist noch nicht so lange her, dass sie darüber geredet haben, und er hat sehr genau verstanden, dass die Mutter deshalb so allein in ihrer Familie ist, weil es ihn gibt. Er hört selber oft genug, dass er eine Schande ist.

Aber es gibt eine Großtante, und die wohnt gar nicht weit weg, das hat ihm die Mutter auch erzählt. Es ist eine Schwester von ihrer Mutter und ihre Taufpatin. Die war früher einfache Dienstmagd, aber jetzt lebt sie bei einem reichen Mann und muss nicht mehr so viel arbeiten. Sie hat der Mutter damals die Stelle auf dem Gutshof vermittelt, wo der Karl so gerne gewesen ist, und auch die in der *Blauen Traube.*

Karl erinnert sich genau, wie er gefragt hat, warum sie denn vom Höllrigl-Hof weggegangen sind, obwohl es dort so schön gewesen war. Auch andere Kinder haben da gewohnt, und er hat ein bisschen mithelfen dürfen bei den Pferden. Sie haben in ihm einen Kerl gesehen und keinen windigen Bankert und auch kein Kind mehr. Ein paarmal haben ihn die schneidigen Burschen sogar schießen lassen. Dass sie das Vaterland befreien wollten, haben sie gesagt. Dass sie Jagd auf Juden und Kommunisten machen wollten – und bald könne er dabei sein.

Die Mutter hat darauf nicht geantwortet, sondern ihm einen Zettel gegeben und gesagt: »Das ist der Name deiner Großtante und ihre Adresse. Wenn einmal etwas ist, dann gehst du da hin. Aber nur im Notfall.« Karl hat den Zettel damals in sein Lieblingsbuch gelegt, *Die Schatzinsel.* Jetzt kramt er ihn heraus und schaut drauf. Morgen geht er hin, wenn die Mutter nicht zurückkommt. Denn dann ist der Notfall da.

12

MITTWOCH, 13. MAI – ABEND

Als Walter aus der Arbeit kommt, begrüßt er seine Schwiegereltern so herzlich, wie er nur kann. Anna sieht, dass er sich Mühe gibt, das Gespräch sucht, sich erkundigt, wie's in München ausschaut, was der eine oder andere von den alten Bekannten oder Nachbarn macht. Schließlich ist er als bester Freund der beiden Wurzer-Söhne mal bei ihnen so gut wie daheim gewesen, hat ein oder zwei Mal die Woche bei ihnen zu Abend gegessen, kennt sich aus. Doch Anna merkt auch, dass er angespannt wirkt, ihr Walter. Als ob er auf eine Bemerkung ihrer Eltern warten würde, warum er nicht mehr bei der Eisenbahn sei oder warum sie in die kleinere Wohnung gezogen seien. Freilich, sie wollen einfach nur das Beste für ihre Tochter und die beiden Enkelkinder, deshalb wohl auch der eine oder andere prüfende Blick.

Walter erzählt, dass sie in der Frühe an der Donau eine Tote gefunden haben, das hat er in der Arbeit gehört.

Anna ist alarmiert: »Eine Frau? Wie alt denn?«

»Was weiß ich«, antwortet Walter abweisend. »Irgendeine halt.«

»Hat denn keiner was gesagt, wie sie ausgeschaut hat oder was sie angehabt hat …«

Auch Benedikt Wurzer ist sehr interessiert. »Gibt's vielleicht Zeugen? Wer hat sie denn gefunden?«

»Die Leut sagen, die hat sich gewiss selber umbracht«, antwortet Walter, und da wird es Marei Wurzer zu viel.

»Das ist doch kein Thema vor den Kindern«, sagt sie leise, mahnend. Aber Walter lässt sich davon nicht beeindrucken. Ungerührt erzählt er, dass er eigentlich gestern auf dem Heimweg vom Wirtshaus noch kurz an die Donau runterwollte mit seinen Spezln, aber dann hätten sie's doch gelassen, und jetzt sei er froh drum. Ist kein schöner Anblick, wenn da eine Frau am Baum ...

Wurzer merkt, wie unruhig seine Tochter auf die Nachricht reagiert, aber er kann sich keinen Reim darauf machen. Marei Wurzer hingegen schaut auf die Kleinen, die sich gerade die letzten Brösel von ihrem Teller fischen.

»Wollt ihr noch Kuchen?«, fragt sie – und freilich wollen sie.

Anna würde so gerne noch weiter nachfragen, aber es ist klar, dass Walter nicht mehr weiß als das, was er erzählt hat. Sie hat eine beunruhigende Ahnung und will sie nicht haben, wischt sie schnell weg.

Nachdem Walter auf eine Stunde ins Wirtshaus gegangen ist, will Marei Wurzer die beiden Kinder ins Bett bringen. Anna räumt derweil den Tisch ab. »Ich möcht dich was fragen, Papa.« Wurzer denkt zunächst, es geht um Geld, sagt aber erst mal nichts.

»Die Nachbarin ist seit gestern verschwunden, und grad nach dem, was der Walter erzählt hat, mach ich mir noch mehr Sorgen.«

»Du meinst, sie ist die Tote?«

Anna schüttelt den Kopf. »Die Vroni würd sich nie was antun. Sie hat ja noch einen Buben, der ist erst zwölf ... Aber wo könnt sie sein?«

Sie stellt ihrem Vater eine Flasche Bier und ein Glas hin, er schenkt sich selber ein.

»Mädl, ich hab das so oft erlebt, dass ein Mensch ned heimkommt und keiner kann es sich erklären. Irgendwann tauchen die Leut dann wieder auf.«

»Kannst du ned bei deinen Kollegen nachfragen?«

»Die würden nichts machen, außer dass sie den Buben zu Verwandten oder in ein Heim bringen.«

Anna schweigt. Wurzer sieht, wie enttäuscht sie ist. »Glaub mir, in ein paar Tagen ist deine Nachbarin wahrscheinlich wieder da.«

Ich werde mich die nächsten Tage mehr um den Karl kümmern, überlegt Anna. Bis die Vroni zurück ist. Hoffen wir, dass der Papa recht behält.

Gleich nachher wird sie raufgehen und dem Buben die restlichen Reiberdatschi vom Abendessen bringen.

*

Anna sitzt mit den Eltern beisammen, sie reden über die Kinder. Sie erzählt Anekdoten, was der Kaspar gesagt, was die Sophie getan hat. Dann gehen die Wurzers zu Bett. Kurz wehren sie sich noch, dass sie das Schlafzimmer der jungen Leute kriegen, dann aber nehmen sie es doch. Sollen sie auf dem Kanapee in der Kuchl liegen, wenn der Schwiegersohn heimkommt?

Anna schaut noch nach den Kindern, dann geht sie mit den Reiberdatschi hinauf in die Wohnung von der Vroni und dem Karl. Niemand macht auf, als sie klopft. Aber sie hat einen Schlüssel, sperrt auf, stellt den Teller auf den Tisch. Sie hört ein leises Schnaufen und schaut nach. Der Karl liegt in seinem Bett und schläft. Er ist angezogen und hat einen Zettel in der Hand.

Leise geht sie wieder, zieht die Tür hinter sich zu. Dann richtet sie ihr Kanapee in der Kuchl her und legt sich hin. Auf den Walter warten, das hat keinen Sinn.

13

MITTWOCH, 13. MAI – ABEND

Gustl probiert es gegen Abend noch einmal, unbemerkt in das Haus am Arnulfsplatz zu gelangen. Aber es ist wie verhext. Als er die Treppe hinaufwill, tritt genau die Frau aus einer Wohnungstür, die ihn schon mittags draußen gefragt hat, zu wem er denn wolle. Er nennt irgendeinen Namen, nicht den von der Vroni. Die Frau schaut ihn misstrauisch an und fragt, ob er nicht schon einmal da gewesen sei. Da behauptet er, er werde von einem Haus zum anderen geschickt, aber den Mann, den er suche, finde er nicht. »Bei uns wohnt er auch nicht«, sagt die Frau und wartet so lange vor ihrer Wohnungstür, bis Gustl gegangen ist.

Beim nächsten Versuch kommt er bis vor die Tür von Vronis Zimmer, aber er hört dahinter jemanden leise weinen, und da ist ihm klar, dass der Bub da ist. Mitleid mit dem armen Kerl und mit sich selbst sind in diesem Moment gleichauf. Der Bub so einsam, und er voller Selbstvorwürfe. Dabei tät sie beide doch der Schmerz um die Vroni verbinden. Aber wahrscheinlich weiß der arme Kerl noch gar nicht, dass seine Mutter tot ist.

Gustl sitzt dann eine Weile auf einer Bank am Arnulfsplatz, aber er merkt, dass die Leut sehr genau schauen, wer sich da herumtreibt. Er darf nicht auffallen. Schlimm genug, dass dieselbe Nachbarin ihn zweimal erwischt hat. So eine merkt sich Gesichter und wird auch auf ihn deuten, wenn es um den Tod von der Vroni geht.

Er wird morgen noch mal probieren, an die Briefe zu kommen, und dann ab zum Höllrigl-Gut, wo er ein neues Leben anfängt. Mit einem sehr wehen Herzen, aber das sollte er besser für sich behalten.

Er denkt, dass es gut wäre, wenn er sich noch mal in der *Blauen Traube* blicken lässt, wie jeden Abend in den letzten vierzehn Tagen. Er geht Punkt zehn Uhr rein, bestellt ein Bier und setzt sich so, dass er zur Kuchl schauen kann. So meint der Wirt sicher, er würde gar nicht wissen, dass die Vroni weg ist.

In der *Blauen Traube* ist viel los. Der Wirt nickt ihm kurz zu, und bereits als er ihm das Bier hinstellt, sagt er: »Die Vroni is fei ned da.«

Gustl schaut ihn so erstaunt an, wie er nur kann, gibt sich dann sehr traurig. »Schad, eigentlich waren wir verabredet.«

»Ich hab koa Ahnung, warum sie ned kommen ist«, sagt der Wirt und geht dann an den Stammtisch, wo sie groß am Diskutieren sind.

»Aber wir wissen immer noch ned, wer das Weibsbild ist«, sagt einer laut, und die anderen hängen an seinen Lippen.

»Dem bin ich ned neidig, der da in der Früh an die Donau geht und a Leich am Baum sieht.«

Gustl spitzt die Ohren. Das ist seine Gelegenheit zu erfahren, was man inzwischen über den Tod von der Vroni weiß.

»Mei, wär schon besser gewesen, sie hätt sich daheim umbracht, dann hätt sich das Elend keiner anschauen müssen.«

Die Männer nicken, schweigen, trinken.

Der erste Redner ergreift wieder das Wort. »Des ist fei noch gar ned so sicher, ob sich die Frau wirklich selber umgebracht hat.«

»Mei, Winklersepp«, sagt einer von den anderen, »dann tuts

halt bei der Polizei mal was für euer Geld und suchts den Mörder.«

Die anderen nicken, und einer meint hämisch:»Wär halt weniger Arbeit bei Selbstmord, gell.«

»Wir ermitteln sehr sorgfältig«, protestiert der Winklersepp. »Und wir wären schon ein gutes Stück weiter, wenn wir die Identität der Toten herausgefunden hätten.«

»Hast du eigentlich die Leich selber gesehen?«, fragt der Mann, der neben ihm sitzt.

Der Winklersepp schüttelt den Kopf.»Ich war da noch ned im Dienst – warum?«

Der Stammtischbruder zwirbelt sich den Schnurrbart.»Ja mei, dem Wirt seine Küchenhilfe ist verschwunden. Vielleicht gibt's einen Zusammenhang?«

»Jetzt wird's aber hint höher wia vorn«, schimpft der Wirt. »Auch wenn die Vroni heut ned da ist, auf sie lass ich nix kommen. Denn die tät sich auch selber nix an.«

Damit geht er verärgert zurück an den Tresen.

Gustl lauscht aufmerksam, trinkt sein Bier aus und winkt unter dem Vorwand, dass er zahlen will.

»Kommen S' doch morgen wieder«, sagt der Wirt geschäftstüchtig.»Die Vroni ist eigentlich eine Zuverlässige, ich denk, die ist dann wieder da.«

Gustl nickt und legt das Geld hin.

»Wer ist denn der Mann, der am Stammtisch das große Wort führt?«, fragt er und schiebt noch ein paar kleine Münzen als Trinkgeld dazu.

»Der Winklersepp ist ein Gendarm. Der kommt eigentlich bloß vorbei, wenn was passiert ist, weil dann hören ihm die Leut zu, anders als seine Alte daheim, die hat schon genug von seinem Gschmatz.«

Der Gustl lächelt den Wirt an, als ob er das auch so sehen würde. Ein armer Wicht, der sich groß aufspielt, weil es eine Leiche gegeben hat.

»Dann bis morgen. Servus.«

Damit geht er. Wohl ist ihm nicht in seiner Haut. Zwar weiß noch niemand, dass die Tote die Vroni ist, aber die Polizei schließt ein Verbrechen nicht aus. Dann wird es weitere Ermittlungen geben. Umso wichtiger, dass er bald die Briefe aus der Vroni ihrer Kammer holt, bevor die Gendarmen sie durchsuchen.

14

DONNERSTAG, 14. MAI – MORGEN

Anna deckt leise den Frühstückstisch, Walter schläft noch auf dem Kanapee. Sonst ist auch keiner wach, deshalb will sie schnell nach dem Karl schauen. Sie schmiert ihm ein Brot, füllt Milch in eine Tasse, dann geht sie hinauf und klopft. Keine Antwort. Sie sperrt auf, betritt die Kammer. Die Reiberdatschi vom Abend sind weg, der Karl auch. Sie wird später noch mal herkommen und hofft, dass sie ihn dann erwischt. Wenn die Vroni heut nicht auftaucht, müssen sie sich was überlegen. Als sie in ihre Wohnung zurückkehrt, steht der Walter mit den Kindern da. Übermüdet, verkatert, vorwurfsvoll.

»Magst dich ned erst um deine eigenen Kinder kümmern?«

»Sie haben ja auch ihren Vater«, gibt Anna zurück, unfreundlicher, als sie eigentlich will.

Doch als die Wurzers aus der Schlafkammer treten, da lächeln sie beide, und das erneute Aufeinandertreffen von Enkeln und Großeltern überdeckt für einen Moment die Risse in der Ehe der Kreitmayrs.

Die Idee ist ganz plötzlich beim Frühstück da. Der Kaspar sagt, dass er mit der Oma und dem Opa mitfahren will, und da will die Sophie auf einmal auch. Die Oma ist ganz aufgelöst vor Glück. Mehrere Tage mit den Kindern! Und die frische Luft draußen in Kallmünz, die wird ihnen guttun! Wurzer hat so seine Zweifel, ob das seiner Frau und ihm guttun wird, wenn sie den ganzen Tag auf die Kinder ihrer Tochter aufpassen. Wo sie die Kleinen gar nicht so gut kennen und umgekehrt genauso. Was ist, wenn die zwei Heimweh kriegen? Müssen sie sie dann übermorgen wieder nach Regensburg zurückbringen?

Auch Anna ist sehr zögerlich. Ob das gut geht? Ob das nicht ein bisschen zu früh ist? Mit Blick auf Walter, der bislang noch gar nichts gesagt hat, schlägt sie vor, dass sie in ein paar Tagen mit den Kindern nach Kallmünz rausfährt und ihre Eltern besucht, das wäre doch vielleicht sinnvoller.

Walter merkt, dass er reagieren muss. Er kann sich jetzt nicht gehen lassen in seinem Grant, er muss den freundlichen Schwiegersohn geben. Reiß dich zusammen, denkt er und lächelt freundlich. Ja, das wäre schon eine Möglichkeit, dass die Anna mit den Kindern nachkommt.

Aber der Kaspar jammert weiter, und die Sophie tut es ihm nach.

Marei Wurzer sieht ihre Tochter liebevoll an. »Vielleicht ist es für dich auch ganz schön, wenn du mal deine Ruhe hast und ein paar Sachen erledigen kannst, ohne dass immer die Kinder am Rockzipfel hängen.«

Die Mutter hat nicht unrecht, denkt Anna. Sie kommt oft den ganzen Tag zu nichts, weil die Kinder um sie herum sind.

Marei Wurzer wendet sich an Walter: »Ihr hättet dann vielleicht auch einmal ein bisserl mehr Zeit für euch.«

Walter lächelt bemüht, sieht seine Frau an, die den Blick fragend erwidert. Ob er sich die Zeit für sie beide nehmen wird, ob er abends gleich nach der Arbeit heimkommt?

Sie geht noch schnell in die Kammer der Kinder und packt ein paar Sachen ein, denn es ist entschieden, dass die beiden gleich mit den Großeltern mitfahren. Und wenn es dann doch sein sollte, dass die zwei das Heimweh allzu sehr plagt, dann muss die Anna eben nachkommen.

Dionys Habersetzer, der Schwager der Wurzers, holt sie mit dem Pferdegespann ab. Walter hilft mit, die Koffer hinunterzutragen, Anna gibt ihren Kindern noch liebevolle Ermahnungen und ihren Eltern ein paar Ratschläge mit auf den Weg. Aber Marei Wurzer ist sicher, dass alles gut gehen wird, schließlich hat sie selber Kinder großgezogen, und das nicht so schlecht, meint sie augenzwinkernd zu ihrer Tochter.

Anna und Walter winken noch, nachdem der Dionys erst das Gepäck und dann seine Fahrgäste eingeladen hat. Anna geht ins Haus, steigt die Stufen hoch. Als sie oben ist, merkt sie, dass der Walter ebenfalls wieder rauf in die Wohnung kommt.

»Du musst doch in die Arbeit.«

»Mir ist ned so gut. Geh hin und sag, dass ich heut ned kommen kann.« Er lässt sich auf das Kanapee fallen und atmet tief durch.

»Walter …«

»Jetzt geh halt«, sagt er grob. »Ist eh schon recht spät.«

»Und was soll ich dem Meister erzählen, was du hast?«

»Sag, ich hab die Scheißerei, und wenn's mittags besser ist, dann komm ich noch.«

Walter streckt sich auf dem Kanapee aus, schließt die Augen. Anna denkt, jetzt sei ein guter Zeitpunkt, um ihre Probleme anzusprechen.

»Wär schön gewesen, wenn du gestern ned noch weggegangen wärst.«

»Ah geh, was soll ich denn da? So hast wenigstens Zeit mit deinen Eltern gehabt.«

»Du gehörst doch dazu.«

Er antwortet nicht, brummt nur kurz. Sie fährt fort: »Ein Bier hättest auch bei uns trinken können.« Da der Walter wieder nicht reagiert, fügt sie noch hinzu: »Und mehr … das ist eh ned so gut.«

Er öffnet die Augen, sieht sie kühl an: »Was soll das jetzt heißen?«

»Früher bist einmal in der Woche ins Wirtshaus, jetzt gehst fast jeden Abend hin, und wenn du heimkommst … nüchtern bist dann nimmer.«

»Ist ja auch kaum auszuhalten, wenn man nüchtern ist«, antwortet er.

»Was ist denn so schlimm an unserem Leben?«

Walter steht auf, sieht sich in der Stube um. »Das alles da. Meinst, ich hab mir das ned schöner vorgestellt? Meinst, ich seh ned, wie enttäuscht deine Eltern sind, weil ich ihrer Tochter nix Besseres bieten kann?«

»Aber ich bin doch zufrieden mit allem. Hauptsache, wir sind beisammen und halten zamm.«

Er sieht sie mit einer Mischung von Herablassung und Spott an. »Hast das aus deinen Liebesromanen?«

Anna geht darauf gar nicht ein. »Ich wollt dich, ich wollt mit dir leben. Wir haben zwei liebe Kinder, gesund sind sie auch, und wenn wir ned reich werden – macht doch nix, oder?«

Walter schaut sie kopfschüttelnd an. »Das glaubst dir doch selber ned.«

»Wir könnten sehr glücklich sein. Ein bisserl mehr Zeit für uns, für die Kinder …« Er antwortet nicht, und das gibt ihr den Mut, dass sie das auch noch sagt: »Vielleicht fragst bei der Eisenbahn nach, ob sie dich wieder nehmen würden.«

»Ich mag mich aber ned im Gleisbau kaputtwerkeln«, brummt er.

»Irgendwann wirst auch wieder als Lokführer arbeiten können«, sagt sie aufmunternd und fügt dann hinzu: »Aber dann solltest ned so viel trinken.«

Als hätte er auf das Stichwort gewartet, holt Walter mit seiner Rechten aus und schlägt seine Frau ins Gesicht. Anna ist so überrascht, dass sie seitlich taumelt und mit dem Kopf gegen die Wand schlägt. Ihr vorwurfsvoller, waidwunder Blick macht ihn nur noch wütender, und er schlägt noch einmal, zweimal, er weiß nicht genau, wie oft. Irgendwann rennt er raus, weil er selber Angst hat, dass er sie noch umbringt. Zurück bleibt Anna, die auf dem Boden sitzt, so verstört, dass sie nicht einmal weinen kann.

15

DONNERSTAG, 14. MAI – VORMITTAG

Kreszentia Wenninger deckt auf der Terrasse den Tisch für ein spätes Frühstück, denn der Privatier Bartholomäus Lugauer steht nicht gerne früh auf. Jetzt ist er noch dabei, sich anzuziehen, aber wenn er die Treppe herunterkommt, dann sollte alles perfekt sein. Das mag er, wenn es nach frischem Kaffee riecht, wenn sich der Tisch förmlich unter den Speisen biegt und ihm seine Haushälterin, die sich selber lieber als Gesellschafterin sieht, freundlich entgegenlächelt.

Sie hat es wirklich gut erwischt, denkt Kreszentia Wenninger.

Vor fünf Jahren hat sie mit Ende vierzig Bartholomäus Lugauer kennengelernt, rein zufällig, auf der Regensburger Dult, in der Schlange vom Stand mit dem Steckerlfisch. Ein einziger Fisch ist noch da gewesen, und er hat ihn ihr galant überlassen, aber dann haben sie sich doch miteinander an einen Tisch gesetzt, den Fisch geteilt und über sich und das Leben philosophiert.

Das ist zumindest die offizielle Version; und es ist auch die, an die Bartholomäus Lugauer glaubt. Denn er hat damals auf der Dult nicht bemerkt, dass ihn die fesche, aber doch schon alternde Schönheit seit einiger Zeit beobachtet hat, dass sie ihm gefolgt war und erkannt hat: Er ist allein, und er hat Geld. Kreszentia, für ihn die Zenzi, hat zu der Zeit auf dem Höllrigl-Guts-hof bei Hainsacker gearbeitet. Gefallen hat es ihr dort schon, aber es ist eben viel Arbeit gewesen. Deshalb hat sie zwei Fliegen mit einer Klappe geschlagen. Erst einmal hat sie für sich eine bessere Stelle gesucht, deswegen ist sie auch auf die Dult gegangen, und dann hat sie für ihre Arbeit in der Küche des Gutshofs ihre Nichte empfohlen; die Vroni hat sie kurz zuvor um Hilfe und Fürsprache gebeten gehabt, weil sie in dem Haushalt, wo sie zu der Zeit gewesen ist, nicht mehr hat bleiben wollen. Kreszentia hat nicht nachgefragt, aber wahrscheinlich ist der Vroni wieder der Hausherr nachgestiegen.

Es klingelt an der Tür. »Ich geh schon«, ruft Kreszentia, dabei weiß sie ganz genau, dass sich der Lugauer sowieso nicht an die Tür begeben würde, dafür ist sie ja da.

Sie öffnet und sieht draußen einen ärmlich gekleideten Burschen, fast noch ein Kind. »Karl?«

Er nickt bloß.

Kreszentia mustert ihn von oben bis unten. Der Bub schaut aus, als bräuchte er dringend Hilfe.

»Wer ist es denn?«, hört sie den Lugauer rufen.

»Nix is, bloß ein Hausierer«, gibt sie zurück und bemerkt nicht, wie Karl schluckt. Es ist so, wie die Mutter immer gesagt hat, denkt er. Die Tante, die hat ein eigenes Leben, die mag nicht, wenn man bei ihr vorbeikommt. Aber jetzt ist es doch ein Notfall!

»Die Mama ist weg, deswegen bin ich hergekommen«, sagt er leise, weil er sieht, wie nervös die Tante ist.

»Was heißt das, weg?«

»Sie ist vor zwei Tagen in die Arbeit gegangen und nimmer heimgekommen.«

In Kreszentias Kopf arbeitet es fieberhaft. Der Lugauer wird den Buben nicht hier dulden – am besten, sie verschweigt ihn ganz. Andererseits muss sie ihm schon helfen, immerhin ist es Verwandtschaft, der Sohn ihres Patenkindes.

»Es passt jetzt grad ned. Komm um zwölfe wieder.«

Bevor Karl etwas erwidern kann, macht sie schon die Tür zu.

»Wirst ihm doch nichts abgekauft haben, dem notigen Hund«, hört sie Lugauer rufen.

»Ach wo, ich weiß doch, dass du das ned magst«, gibt sie zurück. Dann schaut sie auf die große Uhr im Wohnzimmer. Halb zehne ist es. Der Lugauer will sich mit dem Pfarrer und dem alten Apotheker gegen Mittag im Wirtshaus zum Karteln treffen. Sie muss schauen, dass sie ihn rechtzeitig aus dem Haus kriegt.

»Was bist denn gar so still?«, fragt Lugauer beim Frühstück.

»Mei, ich weiß halt auch nichts Neues«, antwortet Kreszentia und schenkt ihm Kaffee nach.

»Dann schauen wir mal, ob anderswo was Neues passiert ist«, meint Lugauer und greift sich den *Regensburger Anzeiger*.

Es ist das Ritual an jedem Vormittag. Er liest gern die Zeitung zum Kaffee, dann kann er später mit den anderen alten Herren genüsslich politisieren. Wenn ihm eine Überschrift oder ein Artikel besonders gefällt, dann liest er ihr vor.

Währenddessen macht sich Kreszentia Gedanken, was mit der Vroni sein könnte. Sie hat ihre Nichte die letzten Jahre selten gesehen, und den Bankert, den wollte sie eigentlich gar nicht kennenlernen, aber das eine oder andere Mal war er doch dabei, zum Beispiel, wie sie die Vroni auf dem Gutshof untergebracht hat.

»Freilich hat sie ein lediges Kind, aber sie ist zuverlässig, tüchtig und fleißig«, hat sie dem alten Gutsherrn gesagt, und den hat der Bub nicht gestört, denn in der Gegend sind genug Kinder herumgelaufen, die seine Nase, seine Augen oder sein schelmisches Lächeln gehabt haben. Warum also mit Steinen werfen? Sein Problem sind nicht die unehelichen Kinder gewesen, sondern der einzige legitime Sohn und Erbe. Der hat sich als Taugenichts erwiesen, der sich von allen möglichen Seiten Ideen in den Kopf setzen lässt und leicht zu beeinflussen ist. Auf den Vater hat er nie hören wollen – liberale Gedanken, so haben es ihm seine Freunde eingeredet, seien ein Zeichen von Schwäche, und der Gutshof eigne sich sehr, um hier eine neue Zeit für Deutschland vorzubereiten.

Kreszentia hat den jungen Gutsherrn, der das alles einmal erben würde, nie gemocht, und er sie auch nicht. Es war höchste Zeit gewesen zu gehen, bevor der Alte starb. Für die Vroni aber war es eine Verbesserung. Raus aus den Haushalten, wo sie ihren ledigen Buben verstecken und Tag und Nacht arbeiten hat müssen, wo ihr die Hausherren und die Söhne nachgestellt haben, wo die Gefahr für einen zweiten Bankert immer gegeben war. Freilich, auf dem Gutshof hätte auch was passieren können, aber die Köchin hat ihr versprochen, dass sie ein Auge auf die Vroni hat, und auf ihren Buben auch.

Fast fünf Jahre lang ist Ruhe gewesen, dann hat die Vroni ihr geschrieben und um ein Treffen gebeten. Es gefalle ihr nicht mehr auf dem Höllrigl-Gut. Die planten da ganz was Schlimmes, da sei sie sich sicher. Sie habe mitgehört, dass es gegen den Ministerpräsidenten Held und seinen Innenminister Stützel gehe. Dass es nur noch einen Kameraden brauche, der Schneid genug hat, die beiden zu beseitigen. Dann stehe der nationalen Revolution nichts mehr im Weg, zumindest nicht in Bayern. Und von dort werde sie sich weiter ausbreiten.

Kreszentia hat zwar nicht verstanden, warum Vroni deshalb vom Gutshof wegwollte, denn das Politische hatte doch nichts mit ihrer Arbeit in der Küche zu tun. Aber die Vroni hat gemeint, dass der Karl so begeistert sei von dem jungen Gutsherrn, und sie wolle nicht, dass ihr Bub in so was mit hineingezogen wird. Kreszentia hat eine Weile nachgedacht, dann ist ihr der Wirt von der *Blauen Traube* eingefallen, mit dem sie in die Volksschule gegangen ist.

»Der Fortgang der Feierlichkeiten in Berlin«, unterbricht Lugauer ihre Gedanken. Weil er besonders laut und deutlich liest, weiß sie, dass das eine wichtige Schlagzeile ist. Dann fährt er etwas leiser fort: »Offizielle Empfänge bei Hindenburg. Günstige Aufnahme in aller Welt.«

Kreszentia hat schon mitbekommen, dass sie in Berlin einen neuen Reichspräsidenten haben, im Krieg ist er General gewesen. Er hat was recht Preußisches, findet sie, und er ist alt. Sie hätte es besser gefunden, wenn Ministerpräsident Heinrich Held von der Bayerischen Volkspartei gewählt worden wäre, aufstellen hat er sich ja lassen, aber nach dem ersten Wahlgang ist dann Schluss gewesen. Sie sagt es dem Lugauer zwar nicht, aber sie denkt schon ein bisserl liberaler als er, der so gern von Deutschlands Größe redet und noch den alten Satz zitiert, dass am deutschen Wesen die Welt genesen soll.

»In dem Augenblick, in dem Ew. Exzellenz das Amt eines Präsidenten des Deutschen Reiches antreten, liegt es mir daran, Ihnen meinen wärmsten Glückwunsch auszusprechen, mit dem ich zugleich die besten Wünsche für das persönliche Wohlergehen wie auch für das Gedeihen Ihres Landes verbinde«, liest Lugauer vor und fügt hinzu: »Das hat der Kaiser von Japan geschrieben.« Dann fährt er fort: »Der König von Dänemark, der von Schweden, der Präsident von Argentinien, alle gratulieren sie. Wir haben halt doch noch einen Stand in der Welt.«

Kreszentia kennt den Lugauer inzwischen gut genug, um zu wissen, dass sie gar nichts sagen muss. Vielleicht ab und zu ein »Recht hast« oder »Wird schon so sein« oder »Oh mei, oh mei«. Das genügt ihm. Er hört sowieso am liebsten sich selber reden. Aber das macht ihr nichts. Er hat ihr damals die Stelle der Haushälterin angeboten – wenig Arbeit, weil er Junggeselle ist und selten Besuch bekommt, freie Kost und Logis, ein kleines Einkommen, sogar die Aussicht, einmal was zu erben, wenn sie sich gut verstehen. Dabei hat er gezwinkert, und sie hat freilich gewusst, was er meint. Aber nach ihrer Schätzung damals auf der Dult war der Lugauer schon um die siebzig Jahre alt, das sollte nicht zu anstrengend werden, hat sie sich gedacht und wenigstens für einen Moment sittsam die Augen niedergeschlagen, bevor sie gelächelt und genickt hat.

Kreszentia hört die Kirchenuhr schlagen und zuckt unwillkürlich zusammen. Es ist schon elf Uhr.

»Sag amal, pressiert's dir ned? Du wolltest dich doch mitm Pfarrer und dem alten Apotheker zum Karteln treffen.«

Lugauer lässt die Zeitung sinken, denkt nach. Dann lächelt er vertraulich. »Zenzi«, sagt er, und sie mag es gar nicht, wenn er sie so nennt, denn zum einen klingt es recht nach Personal, und zum anderen ist das fast immer der Auftakt für den Teil ihrer Abmachung, den sie am meisten verabscheut.

»Zenzi«, wiederholt er und legt seine dicke Hand auf die ihre. »Mir ist eigentlich nach ganz was anderem.« Dann grinst er.

»Geh, Barthl«, antwortet sie bemüht lächelnd, »des passt aber jetzt gar ned.«

»Wieso, es ist doch noch fast eine Stunde Zeit.«

Kreszentia gibt sich frommer, als sie ist. »Du wirst doch dann dem Herrn Pfarrer ned unter die Augen treten wollen.«

Lugauer lacht. »Meinst, der hält es mit seiner Resl anders?«

Sie kann und will sich ihm nicht verweigern, das würde ihn nur grantig machen. Sie will aber auch nicht gezwungen werden, ihn zu befriedigen, das demütigt sie nur noch mehr. Sie sucht nach einer neuen Ausrede, gibt sich diplomatisch.

»Schau, Barthl, jetzt müssten wir hetzen. Aber nachher, da haben wir doch alle Zeit der Welt, wenn du wieder da bist.«

Er überlegt noch eine Weile, lässt sie zappeln, schaut sie aus seinen kleinen Knopfaugen, die tief im dicken Schädel liegen, listig an, nickt. »Recht hast. Nachher, da machen wir es uns so richtig gemütlich.« Dann steht er auf und wackelt ins Haus.

Kreszentia atmet tief durch. Was sie aber mit dem Buben anstellen soll, das weiß sie noch nicht. Erst einmal will sie irgendwie die düsteren Gedanken vertreiben, die sie bei Lugauers Ansinnen eingeholt haben.

Sie ist nie eine gewesen, die den fleischlichen Genüssen abgeneigt war. Aber mit dem Lugauer hat sich das sehr geändert. Denn er sucht nicht das Weib in ihr, er interessiert sich einen Dreck für sie. Sich miteinander im Bett zu vergnügen, das ist nicht seine Sache, denn er ist alt, dick und faul. Der Bauch, den er sich die letzten Jahre angefressen hat, ist allerweil im Weg. Und so legt sich der alte Lugauer einfach hin und lässt die Kreszentia machen. Manchmal patscht er ihr mit der Hand noch auf die Brust, und sie lässt es sich gefallen. Sie hasst ihn dafür, dass er sie als Frau nie begehrt hat, so wie andere Männer früher, sondern sich einfach nur bedienen lässt. Dafür mag sie sich gar nicht, dass sie das mitmacht, aber irgendwann ist es hoffentlich vorbei, und dann gehört ihr, so träumt sie, dieses Haus, und das Leben kriegt eine neue Farbe.

Karl kommt pünktlich. Kreszentia lotst ihn ums Haus herum in den Garten.

»Lass dich anschauen, Bub«, sagt sie dann und mustert ihn aufmerksam. Er hat viel von der Vroni, grad die Augen und den Mund. Er schaut so unschuldig in die Welt, dabei hat er es doch gewiss nicht einfach gehabt als lediges Kind. Armselig ist er angezogen. Die Hosen zu kurz, wahrscheinlich ist er recht gewachsen in letzter Zeit. Das Hemd hier und da geflickt, nicht mehr ganz sauber. Kreszentia bemerkt, dass er in Richtung Tisch schielt, wo noch die Reste des Frühstücks stehen.

»Setz dich hin und iss«, sagt sie. »Ich bring dir noch schnell einen Kakao.«

»Dankschön, Tante«, antwortet Karl und greift sofort nach einem Stück Brot.

Als Kreszentia zurückkommt, ist nicht mehr viel übrig. Karl nickt dankend und trinkt vom Kakao.

»Jetzt noch amal ganz von vorn. Was ist mit der Mama?«

»Sie ist vorgestern früh in die Arbeit und dann nimmer heimgekommen. Ich hab den Wirt gefragt, und der sagt, dass sie am Abend freigehabt hat. Aber ich weiß ned, wo sie war.«

»Vielleicht hat sie sich mit jemandem getroffen?«

Karl zuckt die Schultern. »Seitdem ist sie weg. Kannst du bei der Polizei nachfragen, ob was passiert ist?«

Das tät gerade noch fehlen, denkt Kreszentia, dass sie zur Polizei gehen muss. »Wenn die Vroni nichts angestellt hat, dann suchen sie nicht nach ihr«, antwortet sie.

Karl versteht den eigentlichen Sinn dieses Satzes sehr wohl und widerspricht prompt: »Wenn du meinst, die Mama wär ohne mich weggegangen – das hätt sie nie getan!«

»Vielleicht ist sie ja auch schon wieder daheim«, sagt Kreszentia und lächelt falsch, denn das glaubt sie ja selber nicht.

»Ich würde schon auch zur Polizei gehen«, sagt Karl nach einer Weile, »aber wenn sie die Mama nicht finden, dann stecken sie mich gewiss in ein Heim, oder?«

Jetzt spürt Kreszentia, dass ihr bequemes Leben in Gefahr ist. Sie kann den Buben nicht aufnehmen, das würde der Lugauer nie erlauben. Aber die Geschwister von der Vroni, die sind alle verheiratet, haben selber einen Stall voller Kinder – würden die den Bankert wollen? Sie als Patentante wäre da schon in der Pflicht … aber es geht nicht.

Karl schaut die Großtante an und merkt, dass er sie in Verlegenheit gebracht hat. Er spürt instinktiv, dass diese Frau nicht für ihn da sein wird. Sie ist zwar mit der Mutter verwandt, aber sie ist ganz anders. Sie will ihn loswerden.

Karl steht auf, möchte gehen. Aber Kreszentia hat ja doch so was wie ein Herz, auf jeden Fall ein schlechtes Gewissen.

»Ich pack dir ein bisserl was zum Essen ein.«

Karl setzt sich wieder und wartet auf die Großtante, die im Haus verschwindet. Wohnt sie hier wirklich allein mit einem alten Mann, so wie die Mutter ihm einmal erzählt hat? Warum brauchen zwei Leut so viel Platz? Es würde ihnen doch gar nicht auffallen, wenn er ein Kammerl unterm Dach hätte. Oder – Karl schaut sich in dem weitläufigen Garten um – da hinten wär doch auch ein Gartenhäusl.

Da kommt Kreszentia mit zwei Taschen zurück.

»Das eine, das sind Sachen zum Essen«, erklärt sie. »Und das andere, das sind drei Hemden und ein Paar Schuh vom …« Ja, wie soll sie ihn denn nennen? »Vom Hausherrn. Hosen brauch ich dir keine einpacken, die passen dir in der Ewigkeit nicht. Gut, die Hemden sind gewiss auch viel zu weit, aber besser als nix.«

Karl nimmt die beiden Taschen und folgt der Tante, die zielstrebig ums Haus herum zum Gartentürl geht. Sie schaut noch nach rechts und links, ob einer von den Nachbarn herüberschaut oder jemand die Straße entlangkommt.

»Alles Gute«, sagt Kreszentia noch, dann schiebt sie ihn auf die Straße raus und schließt schnell das Gartentürl.

»Dankschön, Tante«, antwortet er.

Eigentlich möchte sie noch sagen, er solle sich bei ihr melden, wenn irgendwas ist. Sie verbeißt es sich. Weil es nicht wahr ist. Und weil sie froh ist, wenn er nicht wiederkommt. Aber so was Nettes tät man halt sagen, als anständiger Mensch.

16

DONNERSTAG, 14. MAI – NACHMITTAG

Es pressiert. Heute früh ist er mit dem Radl zum Höllrigl-Gut gefahren und hat sich den Wagen vom Alois geholt. Eigentlich nur, um das Zeug aus seinem Zimmer bei der Hauswirtin einzupacken und dann in Hainsacker seine Kammer zu beziehen. Aber da ist noch die Sache mit den Briefen, die er der Vroni geschrieben hat.

Er kann kaum noch schlafen, so viele widersprüchliche Gefühle plagen ihn. Da ist die Verzweiflung über ihren elenden Tod, da ist die Sicherheit, dass sie sich das nicht selbst angetan hat, die Wut auf den, der die Vroni ermordet hat, und ein starker Wunsch, dass man den erwischt und bestraft für sein Verbrechen. Da ist aber auch die Angst davor, selber mit ihrem Tod in Verbindung gebracht zu werden. Denn wenn die Polizei nach dem Mörder fahndet, dann durchsucht sie gewiss auch der Vroni ihre Wohnung, und wenn sie seine Briefe finden, ist er der Hauptverdächtige. Genauso, wie der Alois es gesagt hat.

Gustl steht am Arnulfsplatz und schaut zur Tür. Da, die neugierige Nachbarin, die ihn gestern aufgehalten hat, kommt mit einem Einkaufskorb aus der Haustür. Er dreht sich weg, sie soll nicht sehen, dass er schon wieder dasteht. Als sie gegangen ist, huscht er hinein. Die Vroni hat ihm erzählt, das Zimmer sei früher eine Abstellkammer gewesen, deshalb geht er davon aus, dass das Schloss wenig Widerstand bieten wird. Er hat einen Dietrich und ein Stemmeisen dabei.

Tatsächlich aber ist die Tür gar nicht verschlossen. Er steht in Vronis Kammer, schaut sich um. Ein Dieb würde hier nicht viel finden, denkt er. Ein kleiner alter Ofen. Ein durchgelegenes Kanapee. Das Bett hinter einem Vorhang. Auf der Ablage liegt ein Abenteuerbuch – wahrscheinlich schläft hier der Bub.

Das Küchenbüfett hat schon bessere Tage gesehen, oben drin sind Tassen und Teller, in den Schubladen das Besteck und im unteren ein bisschen Kleidung, denn einen Schrank gibt es nicht. Zwei Stühle, ein kleiner Tisch … das ist alles.

Gustl beginnt systematisch mit der Suche nach seinen Briefen. Im Bauernkalender, der auf dem Tisch liegt, ist ein Einkaufszettel, aber sonst nichts. Aufgeschlagen ist der Kalender beim Datum 12. Mai, dem Tag ihres Todes. »Pankratius« steht da und: »Beginn der Eisheiligen«. Dazu der passende Spruch: »Pankratius, Servatius, Bonifatius, die bringen oft Kälte und Ärgernus.«

Ja, denkt Gustl, Ärgernis hat ihr der Pankratius schon gebracht. Oder eigentlich nicht der, sondern ich. Und auch kein bloßes Ärgernis, sondern den Tod. Der ist gekommen, wie sie auf mich gewartet hat.

Oben im Büfett beim Geschirr findet er nichts. Er bückt sich und schaut die Kleidungsstücke durch, ob sie was zwischen einzelne Blusen und Kittel geschoben hat. Ein paar dieser Sachen hat sie angehabt, wenn sie sich gesehen haben. Er nimmt eine Bluse, riecht daran, erkennt den Duft seiner Vroni, die Tränen steigen ihm in die Augen …

Er legt die Bluse wieder hinein, schließt die Tür des Büfetts, richtet sich auf, wischt sich die Augen, als der Bub hereinkommt und ihn überrascht anstarrt.

»Was machen Sie da?« Die Stimme schwankt zwischen hoch und tief. Erstaunen, Wut und Panik sind in den wenigen Worten enthalten. Zwei Taschen hat der Junge dabei, stellt sie ab und ballt die Fäuste, als wolle er ihn, den fremden Eindringling, angreifen.

Gustl hat ihn gestern auf dem Arnulfsplatz gesehen. Er schaut der Vroni ein bisserl ähnlich, das hat er da gar nicht so bemerkt.

Er versucht es auf die nette Art: »Du bist der Karl, gell?«

Aber Karl lässt sich nicht so schnell einfangen. »Was machen Sie da?«, wiederholt er. »Wer sind Sie überhaupt?«

Er spricht ein bisserl laut, findet Gustl. Wie kann er den Buben beruhigen? Er hat ihn sich nicht so groß vorgestellt, der ist ja fast schon ein Kerl, wenn auch etwas schmächtig.

Freundlich lächelnd geht er auf den Burschen zu, der ihn finster und ablehnend betrachtet. »Schön, dass wir uns endlich kennenlernen. Deine Mama hat mir schon viel von dir erzählt.«

»Wissen Sie, wo sie ist?« Karl schaut ihn plötzlich ganz anders an, voller Hoffnung.

Das könnte die Rettung sein, denkt Gustl. Offenbar hat der Bub keine Ahnung, dass seine Mutter tot ist.

»Deswegen bin ich da. Ich such sie nämlich auch«, behauptet Gustl.

Karl mustert ihn prüfend, dann fällt ihm offenbar etwas ein. »Sie sind gestern schon drunten auf dem Platz gestanden.«

Gustl lächelt vertrauenerweckend. »Genau, da hab ich dich auch gesehen.«

Tatsächlich wird Karl etwas zugänglicher. Gustl beschließt, ihm die halbe Wahrheit zu erzählen.

»Ich hab deine Mama im Wirtshaus kennengelernt, und jetzt ist sie dort nicht mehr aufgetaucht, da wollt ich mal nachschauen, ob was passiert ist.«

»Sie ist seit zwei Tagen nimmer heimgekommen«, sagt Karl.

»Machst dir auch Sorgen, gell«, antwortet Gustl und fühlt sich schäbig.

Karl nickt: »Ich weiß nimmer, wo ich noch nach ihr schauen soll.«

Gustl überlegt, was er jetzt tun soll. Zu blöd, dass ihn der Bub hier erwischt hat, wo er doch vermeiden wollte, dass ihn irgendjemand mit der Vroni in Verbindung bringt. Aber das kann er nicht mehr ändern. Wenigstens sollte er jetzt schnell weg, auch wenn er die Briefe nicht gefunden hat.

»Ja, gut, dann hoffen wir das Beste, gell«, sagt er noch und geht in Richtung Tür.

»Können wir die Mama ned gemeinsam suchen?«, fragt Karl, aber da ist Gustl schon im Treppenhaus.

17

DONNERSTAG, 14. MAI – NACHMITTAG

Anna hat ihre Wunden einigermaßen versorgt. Die Verletzungen im Gesicht sind schlimmer als die schmerzenden Rippen, weil sie jeder sehen kann. Sie hat das Blut abgewischt und ein flaches Messer auf die geschwollene Stelle unter dem linken Auge gedrückt, aber sie ist sicher, dass es blau werden wird. Sollte jemand fragen, dann wird sie sagen, sie habe nicht aufgepasst, sich gestoßen. Alle Frauen sagen das, kein Mensch glaubt's.

Gut, dass die Eltern das nicht mitkriegen. Und dass sie die Kinder mitgenommen haben. Walter ist gleich nach ihrem Streit weggegangen. Wahrscheinlich nicht in die Arbeit, sondern ins Wirtshaus. Sie hat ihm angesehen, dass er sich schämt für das, was er getan hat. Aber was hilft ihr das? Es bedeutet nicht, dass er so was nicht wieder tut. Was, wenn er seinen Zorn auch bei den Kindern nicht mehr unter Kontrolle hat? Wenn er den Kleinen wehtut, wird sie nicht mehr stillhalten, da ist sie sicher.

Sie hört Schritte auf der Treppe, Stimmen im Flur. Das ist doch der Karl. Jemand ist bei ihm. Sie wird gleich nachschauen. Auch wenn sie sich schämt für ihr geschwollenes Gesicht, sie will schon wissen, was mit ihm ist.

Anna zieht sich eine Strickjacke über, nimmt den Wohnungsschlüssel und geht hinaus in den Flur. Überrascht sieht sie den Fremden, der mit dem Karl von oben herunterkommt.

»Ist alles in Ordnung, Karl?«, fragt sie und schaut dabei vor allem auf den Fremden. Willkommen ist sie dem nicht, das bemerkt sie gleich. Aber der Karl ist froh, sie zu sehen.

»Der Mann sagt, er ist ein Freund von der Mama. Er war in unserer Stube, wie ich gekommen bin.«

Anna mustert Gustl. Stand der nicht gestern vor der Haustüre? Ist er der Mann, mit dem die Vroni angebandelt hat?

»Du hast dir wehgetan«, unterbricht Karl ihre Gedanken.

Anna wendet sich ihm bemüht lächelnd zu: »Ja, ich bin hingefallen.«

Der kleine Dialog gibt Gustl die Gelegenheit, sich ein bisschen zu fassen. Er nickt freundlich, fast so, als würde man sich schon kennen.

»Ich hab dem Karl grad schon erzählt, dass ich die Vroni aus der *Blauen Traube* kenne und sie die letzten Abende vermisst habe … deswegen bin ich hergekommen und wollt nachschauen.«

Anna sieht ihn misstrauisch an. Er tut so, als wäre er ein ganz normaler Gast im Wirtshaus gewesen, aber da war mehr zwischen ihnen beiden, das hat ihr die Vroni erzählt.

»Dann sind Sie der Gustl?«, fragt sie skeptisch. Der Mann zögert kurz, dann nickt er.

»Er könnte uns doch beim Suchen von der Mama helfen, oder?« Anna sieht Karls hoffnungsvollen Blick, mustert den Fremden fragend. Der winkt gleich ab.

»Ich wüsst gar ned, wo wir sie finden könnten. Und außerdem hab ich keine Zeit, weil ich grad nach Hainsacker umzieh, wo ich morgen eine neue Stelle anfang.«

»Da hab ich früher auch gewohnt!«, ruft Karl. »Auf dem Höllrigl-Gut, da hat die Mama fünf Jahre gearbeitet. Da war's schön.«

Der Fremde schaut recht überrascht, findet Anna, aber Karl ist mit seinen Überlegungen offenbar schon weiter. »Vielleicht ist die Mama ja dort.«

Anna will ihn einbremsen. »Ich glaub, so gut hat's deiner Mama da am End nicht mehr gefallen, dass sie nach ein paar Monaten gleich wieder hinfährt. Noch dazu, ohne dir was zu sagen.«

»Aber mit der Köchin, also der Traudl, da hat sie sich immer gut verstanden, und vielleicht …«

Karl sieht Gustl mit großen Augen an. »Wenn Sie jetzt da rausfahren, täten Sie mich bittschön mitnehmen?«

Gustl schüttelt den Kopf. »Das geht überhaupt ned.«

Aber Karl lässt nicht locker: »Bittschön, selbst wenn die Mama ned dort ist, ich möcht die Traudl gern fragen …«

»Das kann ich doch auch allein machen«, antwortet Gustl.

»Wenn Sie mich ned mitfahren lassen, geh ich zu Fuß naus«, drängt Karl.

»Komm, lass den Herrn in Ruh«, mahnt Anna. »Vielleicht ist es ohnehin gescheiter, wenn wir endlich zur Polizei gehen und deine Mama als vermisst melden.«

»Bloß ned«, widerspricht Karl. »Die bringen mich ins Heim.«

»Warten Sie doch erst, bis ich auf dem Gut nachgefragt hab«, mischt sich Gustl ein.

»Ich will selber schauen«, beharrt Karl. »Ich kenn doch dort noch alle, und die kennen mich, und wenn die was wissen …« Flehend sieht er den Fremden an.

Gustl zögert nur kurz, und Karl nutzt die Gelegenheit: »Dankschön! Kommen Sie, fahren wir gleich.«

»Und Sie wollen den Buben einfach so mitnehmen?«, fragt Anna.

»Sie sehen doch, dass er ned lockerlässt«, antwortet Gustl.

Anna merkt, dass er wegwill, dass ihn ihr kritischer Blick verunsichert. Sie hat das Gefühl, sie sollte Karl jetzt nicht allein lassen. Zu ihrer eigenen Überraschung sagt sie spontan: »Dann komm ich mit.«

18

DONNERSTAG, 14. MAI – NACHMITTAG

Gustl sieht in den Rückspiegel. Der Bub schaut aus dem Fenster, das Fahren gefällt ihm. Die Augen der Frau aber sind skeptisch auf ihn gerichtet. Er muss sich konzentrieren. So lang kann er noch nicht Auto fahren. Als der Alois den Wagen vom Gutsherrn bekommen hat, weil er seine rechte Hand geworden ist, da hat er gleich seinem kleinen Bruder das Autofahren beigebracht und dafür gesorgt, dass der auch schnell den Führerschein kriegt.

Jetzt fährt Gustl mit den beiden in Richtung Höllrigl-Gut und will nie mit ihnen dort ankommen. Wie soll er seinem Bruder erklären, dass er auch noch den Sohn und die Nachbarin der toten Vroni durch die Gegend kutschiert, sich also von ihnen hat erwischen lassen? Damit verwickelt er nicht nur sich selbst noch mehr in die Geschichte, sondern auch das Gut und seinen Besitzer. Und dann wird's ungemütlich.

Der Bub hat erzählt, dass er und die Vroni auf dem Höllrigl-Hof gelebt haben. Freilich, die Vroni hat schon gesagt, dass sie auf einem Gut war und es ihr dort nicht mehr gefallen hat, aber dass das ausgerechnet beim Höllrigl gewesen sein soll … Warum ist sie an Lichtmess weg? Hat es Schwierigkeiten gegeben? Und wenn ja, was könnte das gewesen sein? Ob der Alois die Vroni gekannt hat? Oder hat er die Küchenhilfe gar nicht wahrgenommen, weil er ja auf dem Hof was Besseres ist? Wenn er, Gustl, von seiner Vroni erzählt hat, ist der Alois jedenfalls nicht auf den Gedanken gekommen, dass er die Frau schon kennen könnte. Aber wenn Gustl jetzt noch zwei Leute auf den Hof bringt, die herumerzählen, dass die Vroni verschwunden ist, oder die fragen, warum sie im Februar gegangen ist – das kann nur Ärger bedeuten.

Doch er hat die beiden mitnehmen müssen. Dass der Bub ihn bedrängt hat – darauf gepfiffen. Aber die Nachbarin hat zur Polizei wollen, das hat er nicht zulassen können. Am liebsten wäre ihm, die beiden verschwinden erst einmal von der Bildfläche. Damit er in Ruhe nachdenken kann. Auf einmal kommt ihm eine Idee. Sie sind schon aus der Stadt draußen, und er drückt kräftig auf das Gaspedal.

19

DONNERSTAG, 14. MAI – NACHMITTAG

So schön ist es hier. Benedikt Wurzer kann gar nichts anderes denken, als er von der Burgruine aus ins Tal schaut, auf den Zusammenfluss von Naab und Vils. Sein Blick streift über die weite Landschaft, er atmet die gute Luft ein und genießt diese unfassbar wohltuende Stille. Er ist immer ein Münchner gewesen, seit er von Unterhaching hingezogen ist, aber die Stadt ist laut und hektisch geworden, dreckig und unfreundlich. Das Tempo hat angezogen, alles muss schnell gehen, alles muss sofort erledigt werden. Die Menschen hier gehen langsamer, das ist ihm gleich aufgefallen, sie grüßen sich, sie reden miteinander – und dann eben diese Stille da heroben auf der Burgruine.

Freilich weiß er, dass die Leute hier auch nicht verschont bleiben von all den politischen Entwicklungen, die ihn so sehr beschäftigen. Er hat ja selber über die Barbara und den Dionys mitbekommen, wie damals vor sechs Jahren die Spartakisten Kallmünz übernehmen wollten. Es kam zu Schüssen, es gab Tote, das ist alles noch gar nicht so lange her mit der Revolution. Und wer gedacht hat, es wird friedlicher, ist doch schnell eines Besseren belehrt worden. In München ist 1919 der Ministerpräsident Kurt Eisner erschossen, in Berlin 1922 der Reichsaußenminister Walther Rathenau ermordet worden. Täter und Hintermänner reden sich immer auf eine edle nationale Gesinnung raus, politische Verbrechen werden zu wenig verfolgt und geahndet, bei diesem Hitler und seinem Putsch hat man's ja wieder gesehen – und irgendwann können auch die Leute auf dem Land nicht mehr so tun, als ob sich bei ihnen nie was ändern würde, irgendwann greift das Politische ins letzte Dorf, und jeder, der anders ist oder denkt, muss um sein Leben fürchten. Ja, so pessimistisch ist er in der letzten Zeit geworden. Er versucht's ja immer wegzudrücken, er will nicht, dass seine Frau merkt, wie wenig zuversichtlich er für ihre Tochter und Enkel in die Zukunft blickt, aber er kann doch nicht so tun, als wäre er blind und taub.

Er hat seine Frau gefragt, ob sie ihn begleiten mag auf seinem Spaziergang, aber sie hat lieber auf dem Hof von Barbara und Dionys mithelfen wollen. Und freilich bei den Kindern bleiben, die sie keinen Moment aus den Augen lässt. Er sieht, dass auch seine Marei hier aufblüht, dass es ihr gut geht, weil sie herumgschafteln, sich um die Enkel kümmern, im Haushalt und im Stall helfen kann. Sie genießt es, dass sie nicht, wie in München, den ganzen Tag allein ist, sondern unter Menschen, die füreinander da sind. So glücklich hat er sie lange nicht mehr gesehen. Sie wird gebraucht, sie wird gemocht, es gibt immer irgendwo etwas zu tun und etwas zu erzählen.

Schon am ersten Abend hat sie ihn gefragt, ob er sich vorstellen könnte, hierherzuziehen, wenn er in Rente ist. Weil sie dann näher an ihrer Tochter und den Enkeln wären, weil sie Verwandtschaft hier haben, weil das Leben preiswerter und auch noch schöner ist. Sie würde den Trubel der Stadt nicht vermissen, auch nicht die Lichtspielhäuser und Theater, da gehen sie sowieso selten hin. Überrascht hat Wurzer festgestellt, dass ihn diese Vorstellung gar nicht verschreckt. Obwohl er doch Veränderungen überhaupt nicht mag. Aber noch ist es nicht so weit, dass er die Verbrecherjagd aufgeben darf. Noch ist die Löwengrube in München sein zweites Zuhause.

Es sind auch einige Künstler hierhergezogen in dieses Kallmünz, denkt Wurzer, als er sich auf den Rückweg macht. Andere sind mehrere Sommer gekommen und haben hier gemalt. Das hat ihm der Schwager stolz erzählt.

Noch einmal schweift Wurzers Blick über die Landschaft. Ja, da kann man schon malen, wenn man's denn kann.

Einen einzigen Wermutstropfen hat dieser Urlaub. Marei hat in Regensburg das Gefühl gehabt, dass es ihrer Tochter nicht so gut geht. Die Anna hat zwar die ganze Zeit was anderes behauptet, aber seine Marei beruft sich auf ihren mütterlichen Instinkt und meint: »Sie schauen nicht recht glücklich miteinander aus.« Sie hat sich fest vorgenommen, mit der Anna ein Gespräch von Frau zu Frau zu führen, wenn sie zu ihnen nach Kallmünz kommt. Ob er nicht auch einmal mit dem Schwiegersohn reden könnte?

Wurzer hat wenig Lust, den Walter nach seiner Ehe auszuhorchen, auch wenn er auf das Gespür und die Ahnungen seiner Frau etwas gibt. Er ist kein Freund solcher Unterhaltungen; außerdem fragt er den ganzen Tag Leute, die etwas gehört oder gesehen haben, die gar unter Verdacht stehen. Er mag den Walter. Er war der beste Freund seiner beiden Buben, die gefallen sind, er hat das Annerl nach dem Krieg aufgemuntert und auch davon abgelenkt, dass die Brüder nicht mehr heimkamen. Er hat ihm und seiner Frau eine neue Familie geschenkt. Der einzige Fehler war, dass er mit Anna nach Regensburg gegangen ist, weil er gemeint hat, dass er dort bei der Bahn besser vorankommen könnte. Dabei arbeitet er jetzt gar nicht mehr bei der Eisenbahn. Der Walter hat ihm gesagt, die Zukunft des Landes, das seien die Automobile, und deshalb habe er die Stelle gewechselt.

Wenn Wurzer jetzt so nachdenkt, kommt ihm das alles doch nicht ganz so einleuchtend vor, was sein Schwiegersohn ihm erzählt hat. Ist nicht ein Lokführer und selbst ein Gleisbauarbeiter bei der Reichsbahn besser versorgt als ein Mechaniker und Chauffeur in irgendeiner Werkstatt? In einem Verhör wäre Wurzer da sehr viel kritischer gewesen. Aber man kann doch nicht jedem Menschen allerweil misstrauen.

Einmal, da hat er mit seiner Marei einen bösen Streit gehabt, weil sie wieder einmal behauptet hat, dass der Walter nicht gut genug für ihr Annerl sei. Da hat er sie gefragt, ob sie dem Schwiegersohn vielleicht neidet, dass er gesund aus dem Krieg gekommen ist, während ihre beiden Buben haben sterben müssen für Volk und Vaterland. Es ist das erste und einzige Mal in ihrer Ehe gewesen, dass er auf dem Kanapee hat schlafen müssen, weil sie sich im Schlafzimmer eingesperrt hat.

Wurzer bleibt stehen, betrachtet das Haus im Felsen. Dionys hat ihm gesagt, dass das eine Attraktion in Kallmünz sei, und jetzt muss er zugeben, das ist schon wirklich was Besonderes. Fast eine Art Höhle. Dass man so was bauen, dass man in so einem Haus leben kann. Mit einer vorderen Wand, mit Tür und Fenstern, aber eben ohne Dach, weil der Felsen das Dach bildet. Ein Mann steht davor, grüßt ihn freundlich. Wurzer nickt und geht weiter, er möchte nicht neugierig erscheinen. Aber insgeheim fragt er sich doch, ob das Haus wenigstens innen eine Decke hat, oder ob man auf den nackten Felsen schaut, wenn man den Kopf hebt. Und ob man in so einem Haus nicht den Rheumatismus kriegt.

20

DONNERSTAG, 14. MAI – ABEND

Anna erwacht aus ihrer Bewusstlosigkeit. Der Kopf schmerzt höllisch. Blut ist aus einer Wunde an der Stirn gesickert und klebt an der Wange fest. Die Augen gewöhnen sich allmählich an die Dunkelheit. Es ist eine Art Höhle, sie lehnt an einem Felsen, ist gefesselt, kann sich kaum bewegen.

Was ist passiert? Nur ganz langsam kommt die Erinnerung zurück. Sie sind bei diesem Fremden im Auto gesessen und aus der Stadt hinaus aufs Land gefahren, Richtung Lappersdorf. Der Bub …

Anna stutzt und sieht sich um. Karl … Er müsste auch hier sein. Sie kann ihn in etwa zwei Metern Entfernung sitzen sehen. Auch er ist gefesselt, der Kopf hängt vornüber.

»Karl?« Er reagiert nicht, aber sie hört seinen rasselnden Atem. Erleichtert, dass er noch am Leben ist, versucht sie weiter, ihre Gedanken zu ordnen und sich in Erinnerung zu rufen, wie sie hierhergekommen sind.

Der Bub hat sich gefreut, weil sie nach Hainsacker gefahren sind zum Gutshof, wo er ein paar Jahre gelebt hat. Er hat erzählt von seiner Zeit dort, wie schön es war. Plötzlich ist der Fremde in den Wald abgebogen, hat auf Fragen nicht mehr reagiert und angehalten.

»Wieso fahren Sie ned weiter zum Gut?«, hat sie ihn gefragt, aber der Fremde hat sie nur gebeten auszusteigen. Der Wagen sei zu heiß geworden, sie müssten jetzt ein bisschen warten. Wie sie vom Rücksitz herausgeklettert ist, da hat sie einen Schlag gespürt – und dann kann sie sich an nichts mehr erinnern.

Sie sieht, dass der Bub den Kopf hebt.

»Karl? Wie geht's dir?«

»Ich hab Kopfweh. Der Mann hat mir irgendwas über den Schädel gezogen. Und vorher dir, das hab ich noch gesehen. Ich hab mich wehren wollen, aber ...«

»Tut's arg weh?«

»Geht so. Aber wo sind wir denn hier?«

Anna sieht sich um. Sie bemerkt ein paar alte Bierfässer, es riecht auch ein bisschen nach Hopfen.

»Ich glaub, wir sind in einem alten Bierkeller.«

»Aber warum?«

»Ich hab keine Ahnung.«

»Er hat doch gesagt, er will mit uns die Mama suchen.«

Darauf weiß Anna keine Antwort.

Sie hört, dass Karl leise weint. Er will nicht, dass sie es mitbekommt, er schnieft, aber seine Verzweiflung bricht sich Bahn.

Anna versucht, nicht in Panik zu verfallen, einen kühlen Kopf zu bewahren, sie will nachdenken, logisch vorgehen, wie sie es bei ihrem Vater schon so oft gesehen hat.

Warum ist der Mann in Vronis Wohnung gewesen?

Warum hat er sie beide eingesperrt?

Wird er jemals wiederkommen, oder lässt er sie hier einfach verhungern und verdursten?

Zum ersten Mal hat sie das Gefühl, dass die Vroni nicht mehr lebt – und sie fürchtet, dass dem Karl und ihr ein ähnliches Schicksal bevorstehen könnte.

21

DONNERSTAG, 14. MAI – ABEND

Seit dem Moment, in dem er mit dem großen Riegel die Tür des Bierkellers verschlossen hat, ist Gustl klar, dass er jetzt ein Verbrecher ist. Er hat zwei Menschen niedergeschlagen, eine Frau und ein Kind, er hat sie in einen Keller geschleppt und dort gefesselt. Und er weiß nicht, was er jetzt tun soll.

Nach außen hin versucht er, ganz normal den Tag zu Ende zu bringen. Er fährt mit dem Auto auf den Höllrigl-Hof, packt seine Sachen aus, bringt sie in die Kammer, die ihm Alois zugewiesen hat. Er lässt sich vom großen Bruder noch einmal genau alles auf dem Hof zeigen und seine Aufgaben erklären. Er versucht sich zusammenzureißen und sich alles zu merken, aber immer wieder taucht vor seinen Augen das Bild von den beiden Gefangenen auf.

Wie ist es möglich, dass er in diese Situation geraten ist? Er hat sich in eine Frau verliebt, und jetzt ist sie tot. Er weiß nicht, wer ihr das angetan hat. Aber ihn plagen immer noch das schlechte Gewissen und der Gedanke, dass sie noch leben könnte, wenn er pünktlich gewesen wäre. Jetzt hat er zwei Menschen eingesperrt und kann sie nicht mehr freilassen – oder? Er hat das nur getan, damit sie nicht zur Polizei gehen, damit die Kriminaler keine Verbindung zwischen Vronis Tod und ihm herstellen. Und jetzt? Wenn er sie laufen lässt, dann gehen sie auf alle Fälle zur Gendarmerie. Und wenn er sie im Keller lässt und ihnen nichts zu essen und trinken gibt, werden sie verhungern und verdursten. Soll er Alois um Rat fragen? Der würde ihn für verrückt erklären, dass er sich in so eine Situation gebracht hat. Und mit der schönen Stelle auf dem Gut wär's dann vielleicht auch vorbei. Egal, was er unternimmt, es wird alles nur noch schlimmer.

22

DONNERSTAG, 14. MAI – ABEND

Walter hat nach der Arbeit Blumen besorgt. Maiglöckchen, die mag seine Anna besonders gern. Den ganzen Tag hat ihn sein schlechtes Gewissen begleitet und die Scham, dass er ihr wehgetan hat. Er will alles wiedergutmachen. Er wird sie um Verzeihung bitten, und sie werden miteinander reden. Er muss sich ändern, das weiß er schon. Es ist halt hart, wenn man mit sich selber und dem eigenen Leben so unzufrieden ist. Aber für seine Anna muss er das tun. Vielleicht sollte er ihr auch endlich erzählen, was ihn so sehr plagt, wenn er vom Krieg träumt, wenn die Bilder hochsteigen. Doch er hat Angst, dass sie ihn nicht verstehen und zum Teufel schicken wird.

Jetzt will er sich erst einmal für seinen Fehler vom Vormittag entschuldigen, vielleicht noch mit ihr rausgehen, in den Biergarten oder in den Park.

Voller guter Vorsätze betritt er die Wohnung. Normalerweise sitzt sie um diese Zeit in der Kuchl am Fenster und näht. Aber die Anna ist nicht da. Er ruft nach ihr. Sie antwortet nicht. Er öffnet die Tür zum Schlafzimmer – im Bett ist sie nicht. Sie hat sich auch nicht ins Zimmer der Kinder gelegt. Walter schaut, ob sie ihm einen Zettel geschrieben hat. Vielleicht ist sie zu ihren Eltern und den Kindern nach Kallmünz gefahren. Aber ihr Gewand ist noch da. Soweit er das beurteilen kann, hat sie gar nichts mitgenommen. Auf dem Tisch steht noch benutztes Geschirr. Das sieht seiner Anna gar nicht ähnlich. Nie würde sie die Wohnung verlassen, ohne vorher aufzuräumen. Vielleicht ist sie oben bei der Nachbarin? Ist die überhaupt wieder da? Er geht die Treppe hoch, klopft, keine Antwort. Er drückt die Klinke, die Tür geht auf, es ist nicht einmal abgeschlossen. Er leuchtet hinein, schaut sich um. Keiner da.

Walter geht zurück in seine Wohnung. Er betrachtet die Maiglöckchen. Sollen sie verwelken. Er weiß nicht recht, ob er noch Reue empfindet oder Ärger, weil sie nicht da ist, oder ob er sich sogar Sorgen machen soll.

Er überlegt noch eine Weile, sitzt da und wartet, trinkt dann doch ein Bier und beschließt, sich hinzulegen. Wenn die Anna morgen früh nicht zurück ist, dann ist sie doch zu ihren Eltern. Er wird hinfahren und mit ihr reden.

23

FREITAG, 15. MAI – MORGEN

»Jessas, da hat sich anscheinend eine umgebracht«, beginnt Bartholomäus Lugauer seine Zeitungslektüre beim Frühstück. Kreszentia möchte ihm gerne sagen, dass sie nichts Unappetitliches hören will in aller Frühe, aber er fängt schon an vorzulesen.

»Leichenfund«, schreit er über den Tisch. Das ist wohl die Überschrift. »Am 13. Mai wurde an der Donau nahe dem Flussbad an der Schillerwiese eine unbekannte weibliche Leiche gefunden. Die Frau hing an einem Baum. Noch ist unklar, ob es sich um Selbstmord handelt. Beschreibung: Sie ist etwa dreißig Jahre alt, einen Meter sechzig groß, hat braune Haare …«

Bartholomäus Lugauer hört ein leises Ächzen, deshalb schaut er von seiner Zeitung auf. Kreszentia hat einen Teil des guten Bohnenkaffees verschüttet, weil ihre Hände zittern.

»Was ist denn los mit dir?« Es klingt eher ärgerlich als mitfühlend.

Sie will ihm nicht sagen, was sie fürchtet, und redet sich raus: »Die arme Frau. Ob sie sich das wirklich selber angetan hat?«

Lugauer aber gibt einen verächtlichen Laut von sich. »Es gibt sie halt, diese Menschen, die zu schwach zum Leben sind. Aber das Dasein braucht Stärke und Kraft, und wer das nicht hat, der hält es eben nicht aus.«

Eine Wut steigt in Kreszentia hoch. Der Lugauer hat nie arbeiten müssen, er hat alles geerbt und lebt als Privatier, er hat nicht in den Krieg müssen, er weiß nicht, wie sich Hunger anfühlt. Von oben herab schaut er auf das Gewusel von denen, die sich Tag für Tag plagen und die sie ins Gefängnis stecken, wenn sie vor Hunger was gestohlen haben.

Sie schweigt, weil sie sich nicht streiten will. Aber sie weiß, was ihr bevorsteht. Sie muss bei der Polizei wegen der Toten nachfragen.

24

FREITAG, 15. MAI – VORMITTAG

Wurzer schaut den Hühnern zu, die auf dem Hof herumpicken. Ihm ist ein bisserl fad, auch wenn er sich das nicht so recht eingestehen möchte. Aber heut weiß er nicht, was er mit sich anfangen soll. Er hofft nur, dass ihm niemand eine Arbeit anschafft, weil das will er auch nicht. Es wäre ihm lieb, wenn seine Frau sich mit ihm auf das Bankerl vor dem Haus setzen würde, aber die werkelt mit ihrer Schwester im Bauerngarten. So viel gilt es noch anzupflanzen, jetzt, Mitte Mai, und vorher sollte man die Erde vorbereiten, auflockern, noch die letzten Wurzeln vom Vorjahr herausholen, die beim Keimen und Wachsen stören würden. Heute ist die kalte Sophie, dann sind die Eisheiligen vorbei und man kann auch die empfindlichen Gemüse aussäen, die Bohnen zum Beispiel.

Dann setzt er sich halt allein auf das Bankerl. Die Sonne wärmt schon ganz gut, und Wurzer zieht seinen Janker aus, krempelt die Ärmel vom Hemd hoch. Eigentlich schön hier, wenn man sich erst einmal ans Faulsein gewöhnt hat. Keine Leich, keine ehrgeizigen Kollegen auf Kommunistenfang, kein Chef, der nach oben buckelt, ganz wurscht, wer da sitzt. Er ist so froh, dass er sie alle, die da im Polizeipräsidium an der Ettstraße herumgschafteln, eine Weile nicht sehen muss. Vielleicht liegt's am Alter. Er hat das Gefühl, dass es früher auch kompliziert gewesen ist, aber da ist es wenigstens noch um Recht und Gerechtigkeit gegangen.

Er kennt die Zeit, als es noch einen König und einen Prinzregenten gegeben hat, er kennt die Kriegsjahre, als kaum noch junge Kollegen da gewesen sind, und die Revolutionszeit danach, wo man gar nicht mehr gewusst hat, wo oben und wo unten ist. Die Kriegsheimkehrer sind nicht mehr so gewesen wie vorher, und dass er seine beiden Buben verloren hat, da mag er jetzt nicht dran denken. Manchmal verbietet er sich das, sonst kann er sich über gar nichts mehr freuen.

Aber dass er in seiner Arbeit irgendwann kaum noch einen Sinn erkennen könnte, das hätte er nie gedacht.

Kaspar und Sophie kommen angelaufen, wollen im Garten helfen, aber seine Frau und ihre Schwester sagen, dafür seien sie zu klein, und schicken sie zum Opa. Wurzer weiß nicht, ob er sich jetzt freut oder gestört fühlt, auf jeden Fall steht er auf, sucht einen Ball und spielt mit den beiden. Letztlich ist es gut, dass sie seine Gedankengänge unterbrochen haben.

Es ist fast Mittagszeit, die Frauen gehen hinein zum Kochen, da kommt Walter mit dem Radl daher. Die Kinder laufen auf ihn zu, Wurzer tritt an die Einfahrt.

Walter schiebt das Radl in den Hof, stellt es ab, wuschelt seinem Buben die Haare, hebt seine Tochter hoch, lächelt sie an.

»Gell, das ist eine Überraschung, dass ich gekommen bin.«

»Papa«, lacht die Kleine. Kaspar fragt: »Wo ist denn die Mama?«

Walter schaut ihn erstaunt an, dann sieht er auf Wurzer, der dasteht, die Hände in den Hosentaschen.

»Ich hab gedacht, das Annerl ist bei euch«, sagt Walter, nicht zum Kind, sondern zum Schwiegervater.

Wurzer spürt, wie sich ihm das Herz zusammenkrampft, der Magen auch, ihm ist schlecht.

Er tritt näher an Walter heran, der Sophie wieder auf ihre Füße stellt. »Geht doch zur Oma.«

»Ja, aber …«, mault Kaspar, aber dann sieht er die Blicke von Papa und Opa. Er schweigt, nimmt seine kleine Schwester an der Hand und geht in Richtung Haus, nicht ohne noch einmal einen fragenden Blick auf die beiden Männer zu werfen.

»Wo ist das Annerl?«, fragt Wurzer tonlos, und Walter zuckt die Schultern.

»Wie ich gestern heimgekommen bin, ist sie ned da gewesen. Da hab ich mir gedacht, sie ist zu euch gefahren. Und deswegen bin ich hergeradelt.«

»Hat sie einen Zettel dagelassen, dass sie bei uns ist?«, will Wurzer wissen.

Walter schüttelt den Kopf. »Gar nix, sie war einfach weg.«

Wurzer mustert den Schwiegersohn prüfend. »Hat's was gegeben?« Walter zögert nur kurz. Er weiß, dass er an der Wahrheit nicht so ganz vorbeikommt. »Ja, wir haben in der Früh einen Streit gehabt, und dann bin ich auch ohne Versöhnung weg.«

»Ein schlimmer Streit?«

Walter will es nicht zugeben. »Weil halt immer zu wenig Geld da ist, weil die Anna denkt, ich wär besser bei der Eisenbahn geblieben, weil sie meint, ich sollt abends früher heimkommen … Immer hat sie was auszusetzen.«

Da Wurzer ihn nur schweigend mustert, fährt Walter etwas ruhiger fort.

»Ich hab mir überlegt, dass sie Zeitlang nach den Kindern gehabt hat … und vielleicht wollt sie mich auch ein bisserl erschrecken.«

»Hat sie was mitgenommen?«

»Den Koffer ned, auch kein Gewand, soweit ich das einschätzen kann. Sogar die Geldbörse war noch da.«

»Wo könnte sie denn hin sein ohne alles, zu einer Freundin …?«

»Die einzige Freundin, von der ich weiß, das ist die Nachbarin von oben, die Vroni, die mit dem Bankert. Ich hab die ja ned so mögen, aber …«

»Ist die denn wieder da?«, fragt Wurzer.

Walter zuckt die Schultern: »Ich hab sie ned gsehen, den Buben übrigens auch ned.«

Wurzer ist speiübel. Vor zwei Tagen ist die Nachbarin verschwunden, jetzt ist seine Tochter weg. Er sieht, dass seine Frau mit den Kindern aus dem Haus kommt. Wahrscheinlich haben sie ihr erzählt, dass der Papa die Mama sucht. Seine Marei schaut verstört aus. Sie denkt gewiss dasselbe wie er: Nicht auch noch das Annerl.

25

FREITAG, 15. MAI – NACHMITTAG

Als Kreszentia Wenninger in das Gesicht der Toten schaut, da gibt es ihr doch einen Stich ins Herz. Es ist all das wahr, was sie befürchtet hat. Die Tote von der Donau, das ist die Vroni. Es treibt ihr die Tränen in die Augen.

Die Vroni sieht alt und müde aus, wie sie da liegt. Dann dieser dunkle Streifen am Hals. Hat sie sich das wirklich selber angetan?

Kreszentia weiß nicht allzu viel von ihrem Patenkind, aber dass die Vroni sich umgebracht hat, das mag sie sich nicht vorstellen. Selbst als sie schwanger geworden ist, war die Vroni noch zuversichtlich und entschlossen, das allein zu packen, auch wenn der Sohn der vermeintlich anständigen Familie sich nicht zu ihr und dem Kind bekennen hat wollen.

Aber Kreszentia erinnert sich jetzt auch, wie die Vroni am Anfang des Jahres zu ihr gekommen ist, weil sie dringend wegwollte vom Gutshof, damit ihr Bub nicht in solchen Kreisen groß werde, wo man laut über Mord und Umsturz nachdenke. Kreszentia selbst hat damals mit dem Lugauer drüber geredet, weil sie ja gewusst hat, dass der die Höllrigls recht gut kennt. Hätt sie's nur nicht getan. Er hat sich furchtbar aufgeregt, dass sich jetzt schon die Dienstboten ins Politische einmischten und dieses dumme Flitscherl einen honorigen Mann wie den jungen Höllrigl in Misskredit bringe. Verdreschen sollte man solche depperten Weibsbilder, bis ihnen das Ratschen vergeht über Sachen, die sie überhaupt nicht verstehen.

Manchmal hat Kreszentia den Verdacht, dass der Lugauer dem jungen Höllrigl die Geschichte gesteckt hat. Ob der ihrer Vroni gedroht und sie deshalb vom Gutshof weggewollt hat?

Sonst hat sie ja das Thema Vroni beim Lugauer immer so gut es ging vermieden, weil der so schlecht über sie dahergeredet hat. Dass sie eine Schlampn sei und dass es solchenen recht geschehe, weil die quasi ihr Leben schon verwirkt hätten. Dass er selber zu den Weibern geht und sie auch zu so einer gemacht hat, kommt ihm nicht in den Sinn. Oder ist das für ihn ganz was anderes?

Nachdem sie die Identität der Toten bestätigt hat, muss sie den Polizisten noch ein paar Fragen beantworten. Ja, ihre Nichte habe es schwer gehabt mit der vielen Arbeit, der Armut und dem Buben, aber sie, Kreszentia Wenninger, habe sich nie vorstellen können, dass sie so verzweifelt ist, dass sie sich gleich was antut. Die Polizei will noch wissen, ob die Vroni Feinde gehabt habe, aber wie soll sich denn eine Dienstmagd Feinde machen? Die Sache mit dem Höllrigl erzählt sie lieber nicht. Irgendwie hat sie da ein komisches Gefühl. Nicht dass sie noch Ärger bekommt.

Anschließend gönnt sich Kreszentia in einem Café in der Stadt einen Cognac. Den braucht sie jetzt. Das schlechte Gewissen kommt in ihr hoch. Wann hat sie die Vroni zum letzten Mal gesehen? Hätte sie sich mehr kümmern müssen?

Freilich hat sie den Lugauer einmal vorsichtig drauf angesprochen, ob die Nichte mit ihrem Buben manchmal vorbeikommen könnt. Aber er hat das nicht wollen: »Ich mag meine eigene Verwandtschaft schon ned sehen, und deine dann gleich gar ned«, hat er gesagt. Und so konnten sie und die Vroni sich leider nur ganz selten treffen, und wenn, dann in der Stadt und nicht bei ihr daheim.

Kreszentia geht durch Regensburg. Sie weiß, dass der Lugauer längst vom Kartenspielen mit den anderen Honoratioren heimgekommen ist und sehr ärgerlich sein wird, weil sie nicht da ist. Aber sie mag ihn jetzt nicht sehen, wie er seine Wampn vor sich herträgt durch sein schönes Häusl, wie er mit seinen alten, ausgelatschten Pantoffeln durch die Stube schlurft. Wenn sie ihm erzählt, dass die Tote ihre Nichte Vroni ist, dann wird er wieder selbstgerecht über die reden, die das Leben nicht verdient haben. Vielleicht erinnert er sich sogar, dass die Nichte einen Buben hat, und schaut dann genau, ob der sich vor dem Haus rumtreibt oder Kreszentia ihn heimlich trifft und ihm was gibt.

Der Karl ... Wo er wohl jetzt ist? Kreszentia weiß nicht einmal, wo ihre Nichte zuletzt gewohnt hat. Der Bub hat Angst gehabt, dass er ins Heim muss. Also wird er sich wohl irgendwo verstecken. Hoffentlich kommt er nicht wieder zu ihr. Die Polizei wird Vronis Geschwister verständigen. Aber die werden sich nicht darum reißen, zusätzlich zu ihren Kindern noch einen zwölfjährigen Burschen aufzunehmen.

Kreszentia will hinunter an die Donau, aber auf dem Weg in Richtung Schillerwiese wird sie immer langsamer. Sie kann sich den Ort, an dem die Vroni gestorben ist, nicht ansehen. Sie setzt sich lieber auf eine Bank, schaut aufs Wasser. Da sitzt sie, eine alternde Frau, die es sich im Leben eingerichtet hat, die gerne auf ihren Vorteil achtet, und sie weint. Das ist ihr lang nicht mehr passiert. Aber es tut ihr halt leid um die Vroni.

Außerdem hat sie Angst, dass ihr die Geschichte noch Ärger bereiten könnt.

Die Polizei hat ihr gesagt, dass die Tote jetzt bald beerdigt werden muss, wenn sie keine Hinweise auf ein Verbrechen finden. Ob sie das nicht in die Wege leiten könne? Aber eine Selbstmörderin unter die Erde bringen, ganz ohne kirchlichen Segen, so eine Schand ... Die arme Seel, möge sich der Herrgott ihrer erbarmen. Zum ersten Mal seit Jahren denkt Kreszentia überhaupt an den Herrgott, und sie findet, er ist so erbarmungslos wie manche seiner Diener auf Erden – und wie sie selbst.

26

FREITAG, 15. MAI – NACHMITTAG

Eine Weile haben sie beide um Hilfe geschrien. Bis sie heiser gewesen sind. Die Verzweiflung hat eben rausgemusst, denkt Anna, als das Schreien allmählich in Weinen übergegangen ist.

Hört sie hier wirklich keiner? Sind sie so weit weg von allen Menschen? Dann ist es vorbei mit ihnen. Denn wenn einer so grausam ist, dass er sie niederschlägt und hier einsperrt, dann wird er sie auch umkommen lassen.

Ihr Kopf dröhnt von dem Schlag. Sie versucht sich ein bisschen zu bewegen, weil ihr alles wehtut vom Sitzen auf dem harten Steinboden, vom Lehnen an dem unebenen Felsen. Die gebundenen Armgelenke schmerzen, aber sie kann nicht aufhören, sie zu bewegen, in der Hoffnung, dass sich die Fesseln ein bisserl lösen. Doch das tun sie nicht.

Kühl ist es da herin, und je länger sie sitzt, desto mehr wird ihr kalt und klamm, zumal der Keller recht feucht ist. Ab und an fällt ein Tropfen von der Felsendecke, und sie wäre froh, wenn sie ihn mit dem Mund auffangen könnte.

Sie hört gerade nichts von Karl und hofft, dass er schläft. Viele Fragen hat er gestellt, sie hat ihm keine beantworten können. Es gibt keinen Trost, es gibt auch keine Erklärung, sie weiß doch selber nicht, warum der Mann sie beide hierhergebracht hat.

Anna versucht sich zu konzentrieren. Sie will denken wie ihr Vater, der Kriminaler. So oft hat er ihr als Kind erzählt, wie er die Leute befragt, wie er die einzelnen Informationen im Kopf zusammenbringt, bis sie einen Sinn ergeben.

Aber das alles erscheint ihr immer noch völlig sinnlos.

Und ein Gedanke kommt immer wieder, auch wenn sie ihn zu verdrängen versucht: Hat dieser Mann mit dem Verschwinden von der Vroni zu tun? War er vielleicht aus ganz anderen Gründen in der Wohnung, zum Beispiel, weil er etwas gesucht hat? Und falls er der Vroni etwas angetan hat, wird er sie beide dann verschonen? Sicher nicht.

Sie reißt sich zusammen. Bestimmt werden sie schon vermisst. Der Walter ist heimgekommen, hat gesehen, dass sie weg ist, dass sie nichts mitgenommen hat, und dann hat er gewiss den Vater verständigt.

Karl wird wach. »Was passiert jetzt mit uns?«, fragt er zaghaft.

»Ich weiß es ned«, antwortet Anna. »Aber ich denk, die suchen schon nach uns.«

»Dein Vater ist doch bei der Polizei«, sagt Karl, und es klingt ein bisschen zuversichtlicher.

Anna bemüht sich, ihn in dieser Hoffnung zu bestärken: »Und der wird uns auch finden.«

27

FREITAG, 15. MAI – NACHMITTAG

Benedikt Wurzer steht in der Wohnung seiner Tochter und schaut sich um. So hat er schon in Dutzenden von Wohnungen gestanden, aus denen jemand verschwunden ist, in denen einer getötet worden ist, in denen ein Verdächtiger gewohnt hat. Jetzt ist also sein Annerl fort. Keiner weiß warum, und keiner weiß wohin. Gut, der Walter könnte ihn angelogen haben, aber seine Überraschung, als er mit dem Radl in Kallmünz angekommen ist und seine Frau nicht vorgefunden hat, die ist echt gewesen, da ist sich Wurzer ganz sicher. Als Oberkommissär hat er so vielen Menschen in die Augen geschaut, und inzwischen erkennt er die Lügner. Zumindest denkt er das.

Er versucht sich zu konzentrieren, sich so zu verhalten, als wäre es ein ganz normaler Fall, er will nichts übersehen, er sucht Hinweise.

Es ist so, wie der Walter gesagt hat. Die Anna hat nichts mitgenommen, nicht einmal ihre Geldbörse. Geschirr steht noch da. Man könnte denken, sie ist bei der Arbeit kurz unterbrochen worden, vielleicht von einem Ruf aus dem Hinterhof oder einem Klopfen an der Tür – und sie wird jeden Moment zurückkommen und weitermachen.

Auch im Schlafzimmer findet er nichts Besonderes. Die Betten sind gemacht, ein bisschen Wäsche liegt auf einem Stuhl. Dann aber sieht er das Waschgeschirr auf der Kommode. Der

Krug, mit dem Anna morgens das Wasser holt, die Schüssel, in die sie es gießt, bevor der Walter und sie sich darüberbeugen. Das Wasser ist noch nicht weggeschüttet, der Walter hat es offenbar nach dem morgendlichen Waschen stehen lassen. Auf dem Boden vor dem Waschgeschirr aber entdeckt er rötlichschwarze Tropfen, bereits angetrocknet.

Der Walter ist ihm ins Schlafzimmer gefolgt, sieht ihm angespannt zu, wie er nach Spuren sucht.

»Schau mal, das ist doch Blut«, sagt Wurzer und deutet auf den Boden.

Walter schaut hin, schluckt, dann winkt er ab. »Ich hab mich beim Rasieren geschnitten.« Und als sein Schwiegervater ihn aufmerksam mustert, als würde er in seinem Gesicht nach der Wunde suchen, winkt Walter erneut ab. »War nur ein ganz kleiner Kratzer, sieht man nimmer.«

Jetzt lügt er.

»Erzähl mir keinen Schmarrn«, sagt Wurzer barsch.

»Mir hat's pressiert heut in der Früh. Da kann das schon passieren.«

Wurzer hebt das Rasiermesser, das auf der Waschkommode liegt. »Kein bisserl Blut am Messer.«

»Ja, das hab ich noch abgewaschen in der Schüssel«, behauptet Walter.

»Und womit hast dir das Gesicht abgewischt?«

Walter deutet auf das weiße Tuch, das neben dem Messer liegt. Wurzer faltet es auf – es ist geknittert, zeigt Spuren von Rasierschaum, ist aber tadellos weiß.

»Das Blut da«, sagt Wurzer und deutet auf die Tropfen, »das ist nicht von heut früh, das ist schon älter.« Er hat keine Ahnung, er sagt das bloß, um den Walter aus der Reserve zu locken. Wenn der lügen kann – er kann das auch. Die Amerikaner nennen das einen Bluff, hat ihm ein jüngerer Kollege gesagt.

Walter schweigt. Wurzer legt nach.

»Warum ist die Anna weg? Es muss doch einen Grund geben!«

»Ich kenn ihn nicht.«

»Walter, ich kann auch die Kollegen holen und sie ermitteln lassen.« Wieder so ein Bluff, denn eigentlich hat er das nicht vor. Er weiß, wie egal manchen seiner Kollegen das Schicksal von Leuten ist, die verschwunden sind. Vielleicht auch deshalb, weil so viele arme Menschen sich wirklich aus dem Staub machen, wenn sie ihre Schulden nicht mehr zahlen können. »Und die Kollegen, die verdächtigen immer erst den Ehemann, wenn eine Frau weg ist«, behauptet Wurzer noch.

Da knickt Walter ein. »Also gut, es war mehr als ein kleiner Streit. Wir haben ... also ich hab ...« Er spricht nicht weiter, und Wurzer braucht ein bisschen, bis er versteht. »Du hast die Anna geschlagen?«

»Mir ist die Hand ausgerutscht, weil sie mir so viele Vorwürfe gemacht hat.«

Wurzer kann einen Moment nicht mehr klar denken. Er ist nahe dran, seinen Schwiegersohn anzugreifen. Wie konnte er sich so in dem Kerl täuschen, ihn gegenüber Marei verteidigen? Der Mensch macht sein Annerl unglücklich, und jetzt ist sie weg.

»Ich glaub aber ned, dass sie geblutet hat«, legt Walter nach.

»So was sieht man doch«, sagt Wurzer mühsam beherrscht.

»Das war gestern früh, und ich bin dann weg«, gesteht Walter.

Wurzer mustert ihn voller Verachtung. Seit er denken kann, hat er sich bemüht, Verdächtige und Täter mit Respekt zu behandeln, weil sie doch auch Menschen sind, selbst wenn sie oft Schlimmes getan haben. Aber heute kann er sich zum ersten Mal vorstellen, aus jemandem die Wahrheit herauszuprügeln.

»Hast sie umbracht?«

Walter sieht ihn entsetzt an. »Naa, es war bloß eine Watschn, vielleicht zwei. Glaub mir, bittschön.«

Wurzer glaubt ihm, will ihm glauben. Alles andere würde er nicht aushalten. Sein kriminalistisches Gespür verlässt ihn für einen Moment. Er weiß nicht mehr, was er denken und was er tun soll.

»Ich hab halt gemeint, sie ist zu euch und weint sich aus.«

Ich wünschte, sie hätt's getan, denkt Wurzer. »Hast du irgendeine Idee, wo sie sein könnte?«

Walter schüttelt den Kopf. »Ich weiß ned amal, ob sie noch eine andere Freundin hat als die Nachbarin.«

Die auch weg ist, denkt Wurzer, und ihm wird's für einen Moment eiskalt. Dann aber reißt er sich zusammen. »Habts ihr einen Schlüssel für die Wohnung oben? Weil vielleicht gibt's da doch einen Zusammenhang.«

Gemeinsam gehen sie hoch in das Kammerl von Vroni und Karl. Die Tür ist nicht verschlossen. Wurzer schaut sich um, wie er es schon in der Wohnung seiner Tochter gemacht hat. Mögen die Zimmer von Anna und Walter bescheiden sein – was er hier sieht, ist die blanke Armut. Das alte Büfett, der kleine Ofen, das Kanapee, der Tisch, zwei Stühle, das Bett. Recht viel mehr ist da nicht, aber recht viel mehr hätte auch nicht Platz. Freilich kennt Wurzer die Wohnungen der armen Leute, er hat in der Münchner Au und in anderen Stadtteilen genug davon gesehen, aber dass über der auch nicht gerade noblen Wohnung seiner Tochter zwei Menschen in so einem Verschlag leben, das hätte er sich nicht vorstellen können. Die besseren Leute haben auch in Regensburg die Innenstadt verlassen, haben sich vor den Stadttoren ihre neuen Häuser gebaut, und in den alten feuchten Wohnungen leben die Menschen, die sich nichts anderes leisten können. Meistens viel zu viele auf wenig Raum. Aber dass einer so eine Abstellkammer zum Zimmerl umfunktioniert und es einer Frau mit ihrem Buben andreht, das ist dann schon die ganz hohe Kunst der Ausbeutung. Freilich weiß Wurzer, dass er so etwas nicht laut sagen sollte, sonst schimpfen sie ihn in der Löwengrube wieder einen Kommunisten. Denn im Polizeipräsidium sind fast alle Kollegen der Meinung, dass es in diesem Land jeder zu etwas bringt, der tüchtig ist.

»Schau dir das Büfett genau an, ich übernehm das Bett und das Kanapee«, sagt Wurzer zu seinem Schwiegersohn. Schweigend durchsuchen sie die Wohnung, in der es nicht viel zu durchsuchen gibt. Selbst in den Ofen werfen sie einen Blick. Aber da ist nichts. Wurzer ist unzufrieden. Eigentlich gibt es doch immer etwas, irgendeinen kleinen Hinweis. Aber nein. Das Bett ist ein bisserl unordentlich …

»Wo ist der Bub jetzt?«

Walter zuckt die Schultern: »Vorgestern früh ist er bei uns gewesen. Aber dann … keine Ahnung. Ich war ja auch kaum daheim.«

Wurzer überlegt kurz. Dann sucht er nach einem Zettel, fischt einen aus der Hosentasche, dazu einen kleinen Bleistift.

»Wie heißt der Bub?«

»Karl.«

Wurzer zögert kurz, dann wischt er die Erinnerung an seine Söhne beiseite, von denen der ältere so geheißen hat. Er schreibt, Karl möge sich doch bei den Nachbarn unten melden, und legt den Zettel auf den Tisch. Dann geht er. Walter folgt ihm.

»Ich geh zu den Kollegen von der Regensburger Kriminalpolizei«, sagt Wurzer.

»Und was soll ich machen?«

»Du besuchst alle Leut, die deine Frau kennen: die früheren
Nachbarn in der Engelburgergasse, die Nachbarn hier im Haus,
die Tandlerin ums Eck. Frag sie aus, ob sie was wissen, wo die
Anna sein könnt.«

»Und wenn ich damit fertig bin?«

»Kommst heim und denkst nach.«

28

FREITAG, 15. MAI – NACHMITTAG

Gustl Gottswinter steht vor dem Haupthaus des Höllrigl-Hofs und sieht sich um. Die ganze Anlage erzählt von gediegenem Reichtum über Generationen hinweg, von Wirtschaften mit Bedacht. Allein im Haus selber die vielen Fremdenzimmer, die große Speisekammer, der gut gefüllte Keller, die große Kuchl. Und wenn man bedenkt, dass die meisten Bediensteten im Gesindehaus ihre Kammer haben, dann weiß man auch, dass hier Gäste immer gerne aufgenommen worden sind, dass es wohl öfter große Feste gegeben hat.

Der junge Herr setzt diese Tradition auf seine eigene Weise fort. Der lädt gerne seine Kameraden ein, feiert mit ihnen und schmiedet Pläne für die Zukunft Deutschlands. Und weil er der Meinung ist, dass keiner von seinen wichtigen Leuten wehrlos sein sollte, hat auch Gustl gleich eine Pistole bekommen mit der Anweisung, sie immer bei sich zu tragen. Erst ist ihm das recht komisch vorgekommen, seit dem Krieg hat er keine Waffe mehr in der Hand gehabt. Aber der Gutsherr hat gemeint, dass ein deutscher Mann jederzeit kampfbereit sein sollte. Nach ein paar Stunden hat sich Gustl daran gewöhnt, dass ihn das Eisen in die Seite drückt, und irgendwie ist er doch auch stolz, weil er zu denen auf dem Gutshof gehört, die mit so einer Ehre ausgezeichnet werden.

Weiter drüben sind die Stallungen. Pferde, Kühe, Schweine, die Hühner picken eifrig. Das Klappern von Hufen, ein Zeichen dafür, dass der junge Höllrigl von seinem Ausritt zurück ist. Er kommt im Trab auf den Hof, bringt das Pferd zum Stehen. Ein Knecht eilt heran, während der Herr absteigt, und nimmt das verschwitzte Tier in Empfang, um es abzusatteln und mit Stroh abzureiben.

Höllrigl schlägt mit der Reitpeitsche gegen seine Stiefel und geht dann aufs Haupthaus zu. »Na, Gottswinter, schon eingelebt?«, schnarrt er in Richtung Gustl, der unwillkürlich strammsteht.

»Jawoll«, antwortet er, und der junge Herr nickt im Vorübergehen.

»Wenn du nur halb so tüchtig bist wie der Alois, dann werden wir gut miteinander auskommen.«

Damit ist er verschwunden. Gustl versenkt seine Hände in den Hosentaschen, er spürt den Schlüsselbund, hört ihn klappern und denkt an den Bierkeller.

Für einen kurzen Moment hatte er die Frau und den Buben, die dort in der Kälte und im Finsteren sitzen, vergessen. Die ganze Nacht und den Vormittag über ist das Bild von den beiden immer wieder vor ihm aufgetaucht, und er hat Mühe gehabt, sich auf seine neue Arbeit zu konzentrieren. Ständig die Versuchung, in den Wald zu gehen und ihnen Essen und etwas zu trinken zu bringen. Und dann? Wie geht das weiter? Er kann sie nicht ewig festhalten, aber er kann sie auch nicht freilassen. Was daraus folgt, das mag er sich nicht vorstellen. Er ist doch keiner, der einfach eine Frau und ein Kind verhungern und verdursten lässt. Wo ist er da hineingeraten?

Dann sind auch womöglich immer noch seine Briefe in Vronis Wohnung. Der Bub hat ihn bei der Suche gestört, und jetzt ist es noch wichtiger, dass er sie findet und rausholt. Er wird heut noch mal hinfahren nach Feierabend.

Gustl sieht seinen Bruder über den Hof kommen. Alois versucht, seine körperliche Einschränkung zu überspielen. Er will nicht hinken, er will mit strammen Schritten gehen wie sein Vorbild, der junge Höllrigl. Aber die soldatische Haltung kostet ihn Kraft und bereitet ihm Schmerzen, das erkennt Gustl, und der große Bruder tut ihm fast leid.

»Und, wie war's bisher?« Alois mustert ihn prüfend.

»Passt alles.« Gustl gibt sich überzeugter, als er ist. »Hab mir schon einen Überblick über die Vorräte und die Lagerung verschafft.« Unwillkürlich schlägt er den knappen Ton an, den auch der Alois hier auf dem Hof pflegt.

»Sehr gut, die Kameraden feiern gern nach den Schießübungen.«

Gustl nickt: »Deshalb kommt morgen früh auch noch eine Bierlieferung.« Er verschweigt, dass ihm die Köchin geholfen hat, die Bestellung aufzugeben, wahrscheinlich genau die Frau, die mit seiner Vroni befreundet gewesen ist. Der Bub hat so was erwähnt.

»Ich hab dir ja schon erzählt, dass sie hier auf dem Gut früher ihr Bier selber gebraut haben. Hab ich dir ned sogar den alten Bierkeller im Wald gezeigt?«, fragt Alois, und Gustl nickt geistesabwesend.

Alois klopft ihm auf die Schulter. »Bier ist nie verkehrt. Gut mitgedacht, Kamerad«, sagt er.

Jetzt bin ich auf einmal nicht mehr der Gustl und auch nicht mehr der kleine Bruder, jetzt bin ich ein Teil dieser Gemeinschaft, von der ich nicht mal so genau weiß, was sie will, denkt Gustl.

Alois legt den Arm um seine Schulter, zieht ihn mit sich, wird vertraulich. »Unter uns: Die national gesinnten Männer bei Laune zu halten, das ist wichtig. Aber noch wichtiger als die Schießübungen und Kameradschaftsabende sind die Treffen mit denen, die Deutschlands Zukunft planen und gestalten.«

Gustl sieht ihn fragend an. Alois bleibt stehen, spricht leiser. »In ein paar Tagen, da werden hier Herrschaften erwartet, die ein völlig neues Reich aufbauen wollen, die Deutschland den alten Stolz zurückgeben werden. Darüber weiß aber nur der allerengste Kreis Bescheid. Ham wir uns?«

Gustl nickt. Alois setzt noch einmal nach: »Und dir ist klar, dass alles, was auf dem Hof passiert, auch hier bleibt. Verräter haben bei uns keinen Platz, verstanden?«

Erneut nickt Gustl.

Alois will ins Haus gehen, da nimmt Gustl seinen ganzen Mut zusammen: »Sag amal. Hast du die Vroni eigentlich gekannt?«

Statt die Frage zu beantworten, sieht Alois ihn verärgert an. »Denkst immer noch an das Weibsbild.«

»Ich frag ja bloß, weil sie hier auf dem Gutshof gearbeitet hat bis zum Februar.«

»Wie kommst jetzt auf einmal da drauf? Hat sie dir das erzählt?« Alois wird argwöhnisch.

»Ist doch wurscht, ich weiß es halt.«

Alois schweigt einen Moment. Gustl sieht seinen forschenden Blick und tut alles, damit er ihm standhält.

»Meinst, ich schau mir jedes Mädl hier genau an? Ich hab wirklich was anderes zu tun«, sagt Alois dann und lacht verächtlich.

»Die in der Küche erinnern sich bestimmt noch an sie, da hat sie ja gearbeitet«, antwortet Gustl.

Alois funkelt ihn wütend an. »Du redest mit keinem über die. Bring mir hier keine Unruhe rein. Das Mensch ist freiwillig gegangen, hat auch gar ned dahergepasst.«

»Aber vielleicht kann mir noch jemand was über die Vroni erzählen«, beharrt Gustl.

»Sie ist tot und gut ist es.« Alois schreit es fast, dann geht er weg.

Gustl sieht ihm betroffen nach. Die heftige Reaktion von Alois hat er nicht erwartet. Bei ihm schleicht sich das Gefühl ein, dass sein Bruder die Vroni sehr wohl gekannt hat. Und offenbar nicht hat leiden können. Aber warum nur? Vronis Bub hat gesagt, er wäre gern auf dem Gut geblieben. Die Nachbarin aber hat erwähnt, dass sich die Vroni hier nicht mehr wohlgefühlt hat. Ist irgendetwas passiert, weshalb sie hat gehen müssen?

Gustl denkt an den Satz, den Alois zuvor hat fallen lassen: *Verräter haben hier keinen Platz.* Aber das ist nicht auf die Vroni gemünzt gewesen, sondern auf ihn. Denn was weiß schon eine Küchenhilfe über die politischen Pläne des Gutsherrn? Aber Gustl ist sicher: Wenn er die nationale Sache in Gefahr bringt, dann wird sein Bruder ihn nicht verschonen. Und wenn er selber in die Ermittlungen zu Vronis Tod verstrickt wird, dann lässt der Alois ihn fallen. Deshalb muss er heute noch nach Regensburg, um seine Briefe zu holen. Und er muss entscheiden, was er mit seinen Gefangenen macht.

29

FREITAG, 15. MAI – NACHMITTAG

»Es tut mir sehr leid, Herr Oberkommissär, aber *unser* Herr
Oberkommissär ist leider krank.«

Wurzer ist zu Fuß durch die Regensburger Innenstadt zu
seinen Kollegen gegangen. Walter hat ihm den Weg zum Haid-
platz beschrieben.

»Und wer sind Sie?«

»Kriminalassistent Moosgruber, Herr Oberkommissär.«

»Ham S' ein bisserl Zeit für mich, ich hab ein Anliegen.«

»Jawoll, Herr Oberkommissär«, antwortet Moosgruber und
bietet Wurzer einen Platz an.

Aufmerksam sieht ihn der Kriminalassistent an und macht
sich Notizen, während Wurzer erzählt, dass seine Tochter verschwunden ist, vermutlich schon seit gestern Vormittag. Er wis-
se freilich selber, dass die Polizei nicht jeden Menschen suchen
könne, der nicht daheim ist, aber …

An dieser Stelle nickt Moosgruber diensteifrig: »Ja, da hätten
wir allerdings noch viel mehr zu tun wie jetzt schon.«

Wurzer versucht, die Dringlichkeit der Sache deutlich zu
machen. Seine Tochter wäre nie einfach so weggegangen, ohne
eine Nachricht zu hinterlassen, und er habe Sorge, dass ihr etwas
passiert sei.

Moosgruber schweigt, schaut auf sein Papier und dreht den
Bleistift zwischen Daumen und Zeigefinger. Wurzer ist voll-

kommen klar, dass der Mann jeden anderen längst weggeschickt hätte. Er kann sich gut vorstellen, was in diesem großen Oberpfälzer Dickschädel vorgeht. *Die Frau kommt schon wieder, wenn ihr das Geld ausgeht oder sie nicht weiß, wo sie übernachten soll.*

»Haben Sie denn einen Anhaltspunkt, wo Ihre Tochter sein könnte, Herr Oberkommissär?«, fragt Moosgruber betont aufmerksam.

»Nein, gar keinen. Ihr Mann kann sich auch ned vorstellen, wo sie ist.«

»Ein häusliches Problem liegt ned vor?« Moosgruber sieht ihn mit großen blauen Augen an.

Wurzer ärgert sich zwar über die Frage, aber sie hat ja kommen müssen, sofern der Kollege seine Arbeit einigermaßen ordentlich macht.

»Selbst wenn – deshalb würde die Anna ned weglaufen. Da ist irgendwas passiert.«

Spätestens jetzt verliert Moosgruber das Interesse an der Sache, wenn's nicht sowieso von Anfang an geheuchelt war. Der Kriminalassistent lächelt ihn falsch an, und Wurzer kann nur mühsam seine Wut unterdrücken, denn er weiß, dass gar nichts mehr passieren wird.

Aber eigentlich ist er auf sich selber wütend. Als ihm die Anna erzählt hat, dass die Nachbarin verschwunden ist, da hat er doch genauso reagiert. Da hätte er doch was tun können, da wär's noch möglich gewesen, seine Anna zu beschützen. Aber auch er hat das Hirn ausgeschaltet, hat es sich bequem gemacht in der Haltung, dass die Nachbarin schon wiederkommen wird, so wie dieser Kriminalassistent.

»Jetzt nehmen wir erst einmal die Personalien auf«, sagt Moosgruber in aller Ruhe.

»Anna Kreitmayr, geborene Wurzer, verheiratet, zwei Kinder …«, schnurrt Wurzer herunter und sieht ungeduldig zu, wie Moosgruber mitschreibt.

»Ich wär ned so in Sorge, wenn ned vor ein paar Tagen schon die Nachbarin verschwunden wär.«

Moosgruber sieht ihn überrascht an. Wurzer setzt nach.

»Veronika Haberl, auch wohnhaft am Arnulfsplatz.«

»Jessas, die haben wir schon gefunden«, sagt Moosgruber und schaut erschrocken. »Die ist tot.«

Wurzer ist für einen Moment außer Gefecht. Ihm weicht das Blut aus dem Gesicht, es wird ihm schwindlig.

Der Kriminalassistent reicht ihm ein Glas Wasser. Die ganze Sache ist ihm anscheinend auf einmal auch nicht mehr so ganz geheuer, und er holt den Kollegen Hierhammer dazu, der sich mit dem Fall besser auskennt.

»Veronika Haberl wurde am Morgen des 13. Mai tot an einem Baum hängend auf der Schillerwiese aufgefunden«, sagt dieser. »Der Tod trat durch Genickbruch ein. Wir gehen inzwischen von Selbstmord aus.«

Wurzer versucht sich wieder zu sammeln, es ist jetzt wichtig, dass er sich konzentriert.

»Keine Fremdeinwirkung?«

Die beiden Assistenten schütteln einträchtig den Kopf.

»Zumindest konnte keine festgestellt werden«, antwortet Hierhammer.

»Gibt's denn ein Selbstmordmotiv?«

»Wir haben mit ihrer Patentante geredet, die wohnt in Großprüfening«, erzählt Hierhammer. »Sie hat zunächst einmal die Tote identifiziert. Aber warum sich ihre Nichte umgebracht hat, dazu konnte sie uns nichts Genaueres sagen, weil sie nicht so viel Kontakt miteinander hatten.«

Wurzer schweigt, versucht ruhig zu atmen und seine Gedanken zu sortieren. Dann: »Kann ich die Leiche sehen?«

Wurzer betrachtet die tote junge Frau eingehend. Er sieht nicht nur den tiefen roten Strich am Hals von der Strangulation. Die Oberarme weisen einige blaue Flecken auf.

»Was ist denn damit?«, fragt er und deutet darauf.

Moosgruber und Hierhammer wechseln einen Blick.

»Das muss mit dem Tod der Frau nichts zu tun haben«, sagt Hierhammer.

»Es kann aber sein, dass sie einer gepackt, zum Baum geschleift und aufgehängt hat, oder?«, fragt Wurzer energisch.

»Es kann genauso gut sein, dass sie einer in dem Wirtshaus, wo sie gearbeitet hat, mal ein bisserl fest angefasst hat«, antwortet Hierhammer und klingt nun selbst schon recht energisch, als wolle er seine Ermittlungsarbeit verteidigen.

»So ein Weibsbild ist auch gar ned so leicht aufzuhängen, wenn es sich wehrt«, gibt Moosgruber zu bedenken. »Derweil hätte doch ein Spaziergänger oder Radler vorbeikommen können, oder sie hätte um Hilfe schreien können.«

»Und wenn sie vorher betäubt worden ist?«, wirft Wurzer ein.

»Davon weiß ich jetzt gar nichts …«, meint Hierhammer.

»Vielleicht steht ja was im Bericht? Es hat sich doch gewiss ein Arzt die Leiche angeschaut?«, fragt Wurzer und streckt schon fordernd die Hand aus. Hierhammer zögert so lange, bis ihn selbst sein Kollege Moosgruber fragend von der Seite anschaut, dann nickt er und geht zur Ablage.

Der Bericht ist nicht auffindbar. Die Kriminalassistenten suchen und suchen, Hierhammer beteuert, ihn am Tag zuvor noch in Händen gehabt zu haben, doch er ist weg.

»Wie kann denn so was passieren?« Wurzer wird zunehmend unfreundlich und ungeduldig.

»Den muss jemand mitgenommen haben«, meint Moosgruber.

»Ja, aber warum?«, fragt Wurzer, sieht von einem zum andern und merkt schon, dass dem Hierhammer nicht mehr so wohl in seiner Haut ist. Er geht auf ihn zu, bleibt direkt vor ihm stehen.

»Herr Kriminalassistent, wenn Sie den Bericht gestern noch gelesen haben, dann können Sie mir sicher berichten, was drinsteht.«

»Tod durch Strangulation beziehungsweise Genickbruch in der Nacht auf den 13. Mai. Sonst weiß ich nichts mehr.«

»Ist denn dringestanden, dass Fremdverschulden ausgeschlossen wird?«

»Ich kann mich ned erinnern.«

Wurzer sieht die beiden jungen Kollegen wütend an. »Wo find ich denn den Arzt, der die Frau obduziert hat?«

»Der ist schon im Wochenende«, sagt Hierhammer schnell. »Der wollt nach Nürnberg. Familienfeier.«

Wurzer merkt, dass er hier nicht weiterkommt. »Das hat ein Nachspiel«, sagt er noch, dann geht er. Noch nie hat er einem Mitarbeiter oder Kollegen gedroht, aber irgendwas an dieser ganzen Geschichte ist faul. Und er würde noch weiter nachbohren, aber ihm läuft die Zeit davon. Denn er ist sicher, dass seine Anna in Lebensgefahr ist. Wo soll er nur anfangen, nach ihr zu suchen?

30

FREITAG, 15. MAI – NACHMITTAG

Sie ist fast schon wieder weggedämmert vor Hunger, Durst und Kälte, als sie den Schlüssel im Schloss hört. Sofort ist sie hellwach, schaut in Richtung Tür, die leicht quietschend einen Spalt geöffnet wird. Für einen Moment wird es heller.

»Der Mann kommt«, flüstert Karl – und ja, da steht er, sagt kein Wort, nimmt seinen Rucksack ab, holt Brot und Wasser heraus, stellt es vor ihnen ab, ohne sie anzusehen. Dann bindet er beiden die Hände los.

»Fünf Minuten«, sagt er.

Der Bub greift heißhungrig zu. Anna versucht, langsamer zu essen und zu trinken, um Zeit zu schinden. Sie hofft, dass sie mit dem Mann ins Gespräch kommt, wenn sie ihn länger hier hält. Dass sie erfährt, was er vorhat. Vielleicht kann sie ihm einen Handel vorschlagen. Irgendwas. Sie merkt, dass er selber Angst hat. Wenn er sie hätte umbringen wollen, hätte er es doch längst gemacht.

»Danke, dass Sie uns was gebracht haben«, sagt sie zwischen zwei Bissen. Gustl antwortet nicht, schaut weg.

»Sie sind doch kein schlechter Mensch, und eigentlich wollen Sie auch nichts Böses.«

Einen Versuch ist es wert, an sein Mitgefühl zu appellieren, denkt sie. Er wird tatsächlich ein bisschen unsicher.

Bevor sie weiterreden kann, fährt Karl ihr in die Parade.

»Warum sperren Sie uns ein? Wissen Sie, wo meine Mutter ist? Ist sie auf dem Gut?«, fragt er.

Gustl zuckt zusammen, dann versteinert sein Gesicht. Wortlos bindet er ihnen wieder die Hände auf den Rücken, jede weitere Nachfrage Karls prallt scheinbar an ihm ab. Er packt seine Sachen ein und geht, ohne sich noch einmal umzudrehen.

Jetzt ist Anna ganz sicher, dass die Vroni nicht mehr lebt. Doch ist sie froh, dass ihr Entführer es dem Buben nicht gesagt hat.

Von ihrem Vater weiß Anna, dass Täter, die Angst oder ein schlechtes Gewissen haben, nicht unbedingt harmloser sind als die, die ihre Verbrechen ohne alle Skrupel begehen. Ob der Entführer noch einmal wiederkommt? Das weiß er wahrscheinlich selber nicht, denkt Anna und wendet sich dann Karl zu, der sie mit seinen Fragen bedrängt.

31

FREITAG, 15. MAI — ABEND

Kreszentia Wenninger und Bartholomäus Lugauer wollen an diesem Abend ein bisserl an der Donau spazieren gehen, der Doktor hat dem Herrn Privatier zu Bewegung in Maßen geraten. Kreszentia ist recht still, seit sie aus der Stadt zurückgekommen ist, und geht dem Lugauer nach Möglichkeit aus dem Weg. Freilich hat sie ihm sagen müssen, dass die Tote ihre Nichte ist, dass die Geschwister gewiss hoffen, sie werde sich um die Beerdigung kümmern. Da ist er grantig geworden, weil er nicht mit der Sache in Verbindung gebracht werden will. Sein Renommee ist ihm heilig.

Kreszentias Kummer steigert sich wieder zur Wut. Er will nichts mit der Geschichte zu tun haben? Wahrscheinlich ist er sogar an allem schuld! Hat sie ihm nicht ganz arglos erzählt, was die Vroni auf dem Gutshof gehört und gesehen hat? Heut denkt sie, dass der Lugauer nichts Besseres zu tun gehabt hat, als die Vroni beim jungen Gutsherrn als Verräterin hinzuhängen.

Was ist, wenn diese Bagage ihre Nichte wirklich umgebracht hat? Ihr schaudert bei dem Gedanken, sie sucht aber nur für einen Moment die Schuld bei sich, weil sie dem Lugauer von Vronis Bericht erzählt hat. Gewiss hat er weitergegeben, was sie ihm anvertraut hat! Und damit war Vronis Schicksal besiegelt. Hört man ja immer wieder, dass diese Politischen Rache nehmen an denen, die ihnen in die Quere kommen.

»Bist recht stad«, bemerkt Lugauer, als er sich seinen Hut aufsetzt und den Spazierstock nimmt.

»Weiß halt auch ned immer was zu erzählen«, antwortet Kreszentia, »und wenn, dann war's die letzten Tage ja nichts Schönes.«

»Das kannst laut sagen«, antwortet Lugauer, öffnet die Haustür und schaut skeptisch auf den fremden Mann, der vor ihrem Gartenzaun steht.

»Kennst du den?«, fragt er. Kreszentia schüttelt den Kopf.

»Was könnt der denn wollen?«, brummt er unfreundlich.

»Wie ein Hausierer schaut er ned aus«, antwortet Kreszentia. Sie tritt hinaus ins Freie, der Fremde lupft den Hut.

»Grüß Gott«, sagt er, »ich such die Frau Wenninger. Sind Sie das?«

Bevor Kreszentia etwas sagen kann, mischt Lugauer sich unwirsch ein. »Was wollen S' denn von ihr?«

»Ich bin von der Kriminalpolizei, und es geht um Ihre tote Nichte.«

Unwillkürlich schaut sich Bartholomäus Lugauer um, ob jemand das Gespräch verfolgt. Aber es ist weit und breit niemand zu sehen.

»Die Zenzi hat das Mensch doch schon identifiziert. Aber keiner weiß, warum sie sich umgebracht hat.«

Wurzer mustert den alten dicken Mann, wie er da selbstzufrieden vor seinem Haus steht, dann sieht er aufs Namensschild am Gartentürl. »Herr Lugauer?«

Lugauer nickt und mustert Wurzer von oben bis unten. »Und Sie?«

»Oberkommissär Wurzer aus München.«

Einen Moment ist er dann doch beeindruckt, der Lugauer. Wurzer aber wendet sich entschieden der Frau zu.

»Kann ich kurz mit reinkommen?«, fragt er.

Kreszentia sieht zu Lugauer. Der überlegt einen Moment. Eigentlich will er die Polizei nicht im Haus haben. Und überhaupt, sie wollen doch spazieren gehen!

»Mir möchten noch an der Donau frische Luft schnappen.«

Wurzer nickt zufrieden: »Da komm ich gern mit.«

Ganz recht ist es Lugauer nicht, aber besser, als wenn der Kerl bei ihm hockt oder gar mit der Kreszentia allein herumläuft und sie dem dann alles Mögliche erzählt. Oder von den Nachbarn mit dem Fremden gesehen wird.

Also nickt er gnädig und tritt gemeinsam mit Kreszentia hinaus auf die Straße. Zu dritt gehen sie in Richtung Donau. Lugauer drängelt sich gleich in die Mitte, damit ihm kein Wort entgeht.

Benedikt Wurzer merkt natürlich, dass er nicht willkommen ist. Aber das ist er ohnehin selten, er nimmt es nicht persönlich. Er versucht, sein Interesse an dem Fall nicht allzu deutlich zu zeigen, vor allem nicht seine Ängste. Er hat Sorge, sie machen ihn schwach oder unaufmerksam.

»Jetzt sagen S' schon, was los ist«, raunzt Lugauer, aber Wurzer widmet seine Aufmerksamkeit weiter der Frau, die offenkundig befürchtet, den alten Grantler zu verärgern.

»Sie sind also die Tante von Veronika Haberl.«

Kreszentia nickt. »Sie ist eine Tochter meiner Schwester, und ich bin die Taufpatin. Meine Schwester und ihr Mann sind ja schon tot, deshalb hat die Polizei mich gefragt, ob ich sie identifizieren könnt.«

»Wann haben Sie denn Ihre Nichte zuletzt gesehen?«

»Vor etwa drei Monaten, da hab ich ihr eine neue Stelle in der *Blauen Traube* in Reinhausen besorgt und bin mit ihr hingegangen, wie sie sich vorgestellt hat.«

»Und seitdem ist kein Kontakt mehr gewesen?«

»Das hat sie doch schon gesagt«, mischt sich Lugauer ein. »Vielleicht erzählen Sie erst einmal, warum Sie die Fragen stellen. Und warum das ein Oberkommissär aus München machen muss. Hat das hiesige Kommissariat keine eigenen Leut?«

Wurzer will natürlich nicht preisgeben, dass er ein persönliches Interesse an der Sache hat. Außerdem erkennt er am Schweigen und am unsicheren Blick der Frau, dass er sich mit dem Lugauer nicht anlegen sollte, wenn er von ihr noch etwas erfahren möchte. Dabei brennt in ihm die Angst um Anna und die Ungeduld, endlich eine richtige Spur zu finden. Aber wenn er jetzt nicht ruhig bleibt, dann hat er schon verloren.

»Ich hab mir die Tote angesehen«, sagt er bemüht beherrscht. »Und da sind neben der Strangulation andere Spuren von Gewalt, blaue Flecken an den Armen ...«

»Die kann sie sich doch überall eingefangen haben«, mutmaßt Lugauer.

»Das kann aber auch auf der Schillerwiese passiert sein«, antwortet Wurzer und unterdrückt seinen Ärger. »Weil sie vielleicht doch nicht ganz freiwillig gestorben ist.«

Kreszentia muss schlucken. Genau das hat sie auch schon gedacht. Aber das kann sie nicht sagen, und schon gar nicht, wer ihrer Meinung nach dahintersteckt, sonst lebt sie selber nimmer lang.

»Frau Wenninger, erzählen S' mir doch bitte so viel wie möglich von der Vroni«, sagt Wurzer.

Da bricht es aus Kreszentia heraus: Wie sie die Vroni an einen Haushalt in der Stadt vermittelt hat, wie das Mädl schwanger geworden ist vom Sohn des Hauses und deswegen hat gehen müssen, wie sie ihr eine Stelle auf einem Gutshof verschafft hat, wo sie selber lang gewesen ist, bevor sie den Herrn Lugauer ...

Ein gespielt liebevoller Blick zur Seite, ein kurzes Einschnaufen, das Wurzer nutzt, um nachzufragen.

»Was ist denn das für ein Gutshof?«

»Das ist bei Hainsacker«, mischt Lugauer sich wieder ein. »Das Höllrigl-Anwesen. Der alte Herr war ein gutmütiger Trottel, aber der junge, der hat das Zeug dazu, was zu werden.«

Kreszentia schweigt zu dieser Einschätzung. Wurzer wünscht sich mehr denn je, dass er die Frau alleine sprechen könnte, aber das wird dieses wamperte Gscheithaferl von Lugauer nicht erlauben. Was auch immer die beiden verbindet – er hat das Sagen. Wurzer hat ja vorhin das Häusl gesehen, in dem die beiden wohnen, und er ahnt, dass sich die Wenningerin mehr in das Häusl als in den Lugauer verliebt und damit ihr eigenes Gefängnis ausgesucht hat.

»Warum ist Ihre Nichte von dem Gutshof weggegangen?«, fragt Wurzer nach.

»Ich weiß es ned genau.« Dass sie ihn anlügt, merkt Wurzer daran, dass sie dabei unsicher auf den Lugauer schaut. »Aber sie hat gesagt, dass sie sich nimmer wohlfühlt und in die Stadt möchte. Da hab ich in Reinhausen nachgefragt, weil der Wirt, der ist mit mir in die Schul gangen …«

Lugauer bleibt stehen, weil er nicht genug Luft kriegt. Wurzer ignoriert ebenso wie Kreszentia Wenninger die Schwäche des ungeliebten Begleiters. Er spekuliert darauf, dass Lugauer zu stolz ist, sie um ein langsameres Gehtempo zu bitten, und er täuscht sich nicht. Die beiden gehen einfach weiter, während der Herr Privatier sich bemüht, den Anschluss nicht zu verpassen.

Kaum ist er außer Hörweite, als sich Kreszentia fast unmerklich zu Wurzer beugt. »Die Vroni hat mir gesagt, dass der junge Gutsherr so viel anders macht. Der alte, der war wirklich ein guter Mensch, und allen, die dort gearbeitet haben, ist es auch gut ergangen. Das weiß ich aus eigener Erfahrung. Der Junge, der hat es mit den Nationalen. Und seitdem sein Vater tot ist, gibt es auf dem Gut immer Treffen von jungen Kerlen in Uniform, die das Schießen üben. Die haben ein ganzes Lager mit Waffen, und da hat die Vroni gemeint, das ist doch verboten …«

Fragend sieht sie zum Wurzer, der zustimmend nickt. »Waffenlager sind lang meldepflichtig gewesen.«

»Eben, das hat die Vroni mir auch erzählt. Aber der Barthl … also der Herr Lugauer, der hat gesagt, dass das längst wieder erlaubt ist, genau wie die Partei von dem Hitler …«

»Das heißt, Herr Lugauer war dabei, als Ihre Nichte Ihnen das alles erzählt hat.«

»Nein, das nicht«, widerspricht Kreszentia, »der tät sich doch mit einer Dienstmagd ned an einen Tisch setzen. Er weiß es von mir. Weil er mich ausgefragt hat, warum meiner Nichte eine Stellung bei so einem noblen Herrn wie dem jungen Höllrigl nicht mehr recht ist.«

Wurzer stutzt. »Herr Lugauer hat also von Ihnen erfahren, dass Ihre Nichte von den nationalen Versammlungen auf dem Gutshof wusste, auch von dem Waffenlager, und dass sie vermutete, es würde etwas Strafbares vor sich gehen.«

»Es ist doch gewiss strafbar, wenn man von einem Putsch redet!«

Wurzer sieht sie konsterniert an. »Das hat Ihre Nichte mitgehört?«

Kreszentia zögert, dann nickt sie beinahe unmerklich.

»Hat der Herr Lugauer Kontakt zu diesem Höllrigl?«, fragt Wurzer schnell, denn er sieht, dass der Alte mit hochrotem Kopf sein Tempo verschärft, um sie endlich einzuholen.

»Wir sollten doch auf ihn warten …«, sagt Kreszentia besorgt und bleibt stehen.

»Kennen sich die zwei oder nicht?«, fragt Wurzer noch einmal nach.

Kreszentia kann nur noch nicken, denn Lugauer ist inzwischen in Hörweite und funkelt sie beide wütend an.

»Hast jetzt alles erzählt, was ich ned hören soll«, zischt er ihr zu.

»Wir haben gerade über den Buben geredet, den Sohn von der Veronika Haberl«, improvisiert Wurzer.

Lugauer schaut zu Kreszentia: »Hast du den Bankert getroffen?«

Sie nickt: »Er ist gestern Mittag kurz vorbeigekommen, hat aber nur gefragt, ob ich weiß, wo seine Mutter ist.«

Lugauer atmet noch ein paarmal tief durch, sein rotes Gesicht nimmt nach und nach wieder eine normale Farbe an.

»Wo der Bub jetzt ist, wissen Sie nicht?«, fragt Wurzer.

Kreszentia schüttelt den Kopf.

»Hauptsach, er kommt nimmer vorbei«, antwortet Lugauer. »Wird Zeit, dass einer aufräumt mit dem ganzen Gschwerl in Deutschland. Dass wieder Zucht und Anstand herrschen.«

Wurzer verbeißt sich einen Kommentar und will gehen.

»Ein Gutes haben Ihre Nachfragen ja«, gibt ihm Lugauer mit auf den Weg. »Wenn das Mensch sich ned selber umbracht hat, dann gibt's auch eine richtige Beerdigung.« Damit wendet er sich an Kreszentia: »Dann ist wenigstens keine Schand mehr dabei.«

Wurzer lupft seinen Hut und verabschiedet sich: »Wünsch noch einen schönen Abend. Wiederschaun.«

Er braucht jetzt Bewegung und geht mit schnellen Schritten die Donau entlang Richtung Regensburg. Zwar hat Moosgruber, der ihn mit dem Wagen der Kriminalpolizei nach Großprüfening gebracht hat, auch angeboten, ihn wieder abzuholen.

Aber Wurzer will in Ruhe seine Gedanken sortieren, auch wenn mit jedem Schritt entlang der Donau in Richtung Stadt die Angst um sein Annerl größer wird. Am liebsten würde er gleich zum Gutshof nach Hainsacker raus, aber es ist schon zu spät. Er wird sich das Wirtshaus ansehen, in dem Veronika Haberl gearbeitet hat.

Gemütlich ist das hier, denkt Wurzer, als er die *Blaue Traube* in Reinhausen betritt. Ob er hier noch etwas erfährt, das ihn weiterbringt? Auf jeden Fall kann er zu Abend essen und seine Frau anrufen. Die sitzt bestimmt schon in Kallmünz im Wirtshaus und wartet auf das Telefonat. Was er ihr sagen soll, weiß er nicht. Aber er will versuchen, zuversichtlich zu klingen.

Veronika Haberl hat also ihrer Tante erzählt, dass sie auf dem Gutshof aufrüsten, Schießübungen machen, einen Umsturz planen. Das kann das Geschwätz von jungen, dummen Burschen sein, aber nach dem Putschversuch in München vor knapp zwei Jahren ist Wurzer da hellhöriger geworden. Kreszentia Wenninger interessiert sich nicht für Politik, das ist ihm klar. Aber dieser Lugauer, der hätte schon gern mehr Zucht und Ordnung im Land, wie er sich ausgedrückt hat.

Wenn also der Lugauer dem jungen Gutsherrn gesteckt hat, dass eine frühere Dienstmagd herumerzählt, sie würden auf dem Gut etwas Ähnliches wie den Hitlerputsch planen: Würde man die Magd deswegen aufhängen?

Wurzer erinnert sich an einen Fall in München aus dem Jahr 1920. Das Dienstmädchen Maria Sandmayr hat ein illegales Waffenlager melden wollen, das ihr Dienstherr auf seinem Anwesen angelegt hat. Das ist damals verboten gewesen. Sie hat ihre Treue zu den Gesetzen mit dem Leben bezahlt und ist erdrosselt im Forstenrieder Park gefunden worden. Um den

Hals hat sie ein Schild getragen mit der Aufschrift, dass sie ein Schandweib sei und die Schwarze Hand sie getötet habe.

Ja, es braucht nicht viel, um einen Menschen umzubringen. Und vielleicht ist es Veronika Haberl so ähnlich ergangen wie vor fünf Jahren der armen Dienstmagd in München.

»Was darf's denn sein?«

Der Wirt schaut ihn freundlich und gutmütig an.

»Ein Bier und ein sauers Lüngerl«, sagt Wurzer. »Und wenn S' dann einen Moment Zeit für mich hätten ... Ich bräucht Ihre Hilfe.«

Der Wirt nickt, bringt das Bier, kurz darauf das Essen, schaut noch, ob alle Gäste gut versorgt sind, dann setzt er sich zu Wurzer.

»Ich bin Oberkommissär Wurzer aus München, aber ich frag Sie jetzt nicht als Kriminaler, sondern als besorgter Vater. Weil meine Tochter war die Nachbarin von der Veronika Haberl – und sie ist jetzt auch verschwunden.«

»Jessas«, entfährt es dem Wirt unwillkürlich.

Wurzer spricht leiser weiter. »Hat Ihnen überhaupt schon jemand Bescheid gegeben, dass die Frau Haberl tot ist?«

Der Wirt sieht ihn entsetzt an, schüttelt den Kopf.

»Sie haben sicher schon von der Toten auf der Schillerwiese gehört ...«

»Die sich aufgehängt hat? Das soll die Vroni sein?«

»Es ist nicht klar, ob es Selbstmord ...«

»Des is ja furchtbar ... Und dann der arme Bub ...«

Einen Moment schweigen beide, dann beugt sich der Wirt vor. »Sagen S' mir, wie ich Ihnen helfen kann.«

»Erzählen S' einfach mal von Ihrer Küchenhilfe«, schlägt Wurzer vor.

Der Wirt redet bereitwillig. Wie zufrieden sie mit der Vroni gewesen seien, so fleißig … Ein sauberes Weibsbild, und das mit dem ledigen Kind, mei, das passiere halt schnell. Der Wirt habe probiert, ihr eine Wohnung in der Nähe zu besorgen, weil sie ja immer so weit vom Arnulfsplatz habe herlaufen müssen und nachts wieder heim. Ein Vetter von seiner Frau habe eine Kammer frei gehabt, ganz in der Nähe, aber die Vroni habe Nein gesagt, ohne den Grund zu nennen. Aber wenn er an die Stielaugen von dem Vetter denke, könne er sich schon vorstellen, weshalb sie da nicht habe einziehen wollen.

Auf jeden Fall sei bei ihnen im Wirtshaus in der letzten Zeit immer einer gesessen, der habe gewartet, bis sie mit der Arbeit fertig war, und sie dann heimgebracht. Nein, kein auffallender Mensch, ein paar kleinere Narben am Hals, aber das hätten viele, die im Krieg gewesen sind, da habe er ja eher noch Glück gehabt, wenn das alles war.

Der Wirt holt seinen Koch, der Tag für Tag mit der Vroni gearbeitet hat und auch gerne weiterhilft. Gustl habe das Mannsbild geheißen, das habe ihm die Vroni mit roten Backen erzählt. Und dass er anders sei als die andern Kerle, dass er sie nur begleite und sie dann immer allein hinauf in ihre Kammer zu ihrem Buben gehe.

Ja, von ihrem Buben habe die Vroni gern geredet. Dass der Karl ihre ganze Freude sei und sie so stolz auf ihn. Sie beide, der Wirt und der Koch, hätten ihn erst gesehen, nachdem die Vroni verschwunden war. Da sei er bei ihnen vorbeigekommen und habe nach seiner Mutter gefragt. Aber sie hätten ihm auch nicht helfen können. Was passiere denn jetzt mit dem Karl?

Wurzer weiß darauf keine Antwort. Er weiß ja nicht einmal, wo der Bub ist. Und immer wieder die gleiche Frage: Gibt es einen Zusammenhang zwischen dem Tod von Veronika Haberl und dem Verschwinden von der Anna? Wie soll er weiter vorgehen? Er hat das Gefühl, dass er keinen Anhaltspunkt hat und ihm die Zeit davonläuft. Er fragt noch, ob die Vroni von einer Anna Kreitmayr erzählt habe, dann zeigt er ihnen ein Foto von seiner Tochter. Aber der Wirt kann sich nicht erinnern, dass die junge Frau jemals da gewesen ist oder die Vroni sie erwähnt hat.

»Ich hab gesehen, dass Sie ein Fernsprechgerät haben«, sagt Wurzer, als der Wirt aufsteht, weil ein Gast winkt. »Darf ich das benutzen?«

»Kennen Sie sich aus?«

Wurzer nickt.

»Dann kommen S' mit.« Der Wirt deutet auf den Apparat an der Wand, dann geht er seiner Arbeit nach.

Wurzer ruft in Kallmünz an. Bisher hat er fast immer vom Münchner Polizeipräsidium in der Ettstraße aus telefoniert, dienstlich. Private Gespräche über den Fernsprecher kennt er nicht. Seine Frau noch viel weniger, die ist ganz ungeübt in der Kunst des Redens, ohne dass man sich sieht.

»Hallo«, sagt sie, »hallo, bist du das, Benedikt?«

Er sagt ihr, dass er wenig Neues weiß, und verschweigt dabei, dass Veronika Haberl tot ist. Ganz sicher wird seine Marei den Tod der Nachbarin mit dem Verschwinden vom Annerl in Verbindung bringen, und das will er ihr ersparen, solange er nichts Genaueres weiß. Also redet er von der Patentante, mit der er gesprochen hat. Und dass er jetzt im Wirtshaus sei, wo Veronika Haberl in der Küche gearbeitet habe. Ob er glaube, dass es da einen Zusammenhang gebe, fragt Marei Wurzer, und er antwortet ausweichend, dass er das nicht ausschließen könne und jede Spur verfolge. Er hofft, dass er sie mit seiner Professionalität beruhigen kann.

Morgen werde er sich um die gleiche Zeit melden, wenn es sich ausgehe. Aber sie solle sich keine Sorgen machen. Er werde das Annerl schon finden, sagt er mit fester Stimme, auch wenn ihm ganz anders zumute ist.

32

FREITAG, 15. MAI – NACHT

Wasser und Brot haben nicht lange gereicht. Längst sind Hunger und Durst wieder da. Trotzdem geht es Anna besser. Er wird sich kümmern, dieser seltsame Mann, der bei aller Brutalität offenbar nicht in der Lage ist, sie hier verenden zu lassen.

Der Bub wimmert manchmal leise, sie hört ihn weinen und schniefen, so richtig erkennen kann sie ihn in der Dunkelheit nicht. Bis vor einiger Zeit kam noch ein fahler Lichtstrahl durch einen Schlitz in der Kellertür herein, jetzt aber scheint es wieder Nacht geworden zu sein.

Jeder Knochen tut ihr weh, die Fesseln schneiden an den Gelenken ins Fleisch, der Kopf dröhnt, auch wenn die Wunde längst nicht mehr blutet. Zwischendurch ist ihr schwindlig und übel, aber sie will es sich nicht anmerken lassen, sie will dem Buben Mut machen und sich selbst gleich mit. Sie mischt die Tatsachen mit Vermutungen und Hoffnungen.

»Und die suchen uns ganz bestimmt schon?«, fragt Karl zaghaft, nachdem er sehr lange nichts mehr gesagt hat.

»Freilich«, antwortet Anna und versucht, Zuversicht in ihre Stimme zu legen. »Abends ist der Walter heimgekommen, da hat er gesehen, dass ich nimmer da bin. Gewiss hat er gemerkt, dass was ned stimmt, und dann ist er nach Kallmünz, wo meine Eltern mit den Kindern sind.«

Sie verheimlicht ihre Unsicherheit, ob der Walter, als er aus dem Wirtshaus heimgekommen ist, sich noch viele Gedanken gemacht hat, wo seine Frau sein könnte. Dann ist da noch der nagende Zweifel, ob er ihre Eltern überhaupt informiert hat. Wahrscheinlich denkt er, sie sei nach den Schlägen abgehauen und würde irgendwann schon wieder zurückkommen. Wenn er aber ihren Eltern nichts gesagt hat, wird niemand nach ihnen suchen.

»Und dann?«, fragt Karl erneut in ihre Bedenken hinein.

»Dann ist mein Vater zurück nach Regensburg gefahren und hat die Ermittlungen aufgenommen.«

»Aber wie soll er den Mann denn finden?«

Das fragt sich Anna auch. Gibt es Spuren, und wenn ja, wo und welche?

»Hast du den Mann denn vorher schon mal gesehen außer am Tag zuvor auf dem Arnulfsplatz?«

»Nein. Aber auf dem Höllrigl-Gut, wo wir früher gewohnt haben, da war einer, der hat ihm ein bisserl ähnlich geschaut. Und wir sind ja auch ganz in der Nähe von Hainsacker, ich hab den Kirchturm erkannt vom Automobil aus.«

»Dir hat's recht gut gefallen auf dem Gut.« Das Gespräch bringt Ablenkung, vielleicht auch den einen oder anderen Hinweis, selbst wenn sie damit in ihrer momentanen Situation gar nichts anfangen kann. Sie will aber begreifen, was hier vor sich geht und warum.

Karls Ton bekommt etwas Schwärmerisches. »Ich bin viel bei den Pferden gewesen. Und hab manchmal zugeschaut, wenn die Kameraden vom Gutsherrn gekommen sind und das Marschieren und Schießen geübt haben. Einmal hab ich ihnen Bier geholt, da hat mir einer gezeigt, wie ein Gewehr funktioniert. Und ich hab auch schießen dürfen.«

Seine Begeisterung flacht ab: »Dann sind wir weggezogen.«

Man könnte meinen, die Mutter habe ihm damit seine Zukunft verbaut, denkt Anna und versucht, seine Enttäuschung zu deckeln. »Ich hab mich sehr gefreut, wie ihr zu uns ins Haus gekommen seid. Mit deiner Mama hab ich mich gleich gut verstanden, und dass du manchmal auf die beiden Kleinen aufgepasst hast …«

Sie weiß einen Moment nicht weiter, dann fährt sie fort: »Hab ich dir erzählt, dass einer von meinen Brüdern Karl geheißen hat?«

»Wirklich? Was ist denn aus ihm geworden?«

Anna merkt, wie das Thema nun schwer auf ihr Herz drückt. »Er ist im Krieg gefallen«, sagt sie. Eine Weile ist es ganz still.

»Das ist das Größte, wenn man für das Vaterland sterben darf«, hört sie dann Karl sagen. »Das hab ich auf dem Gut gelernt.«

Anna beginnt leise zu weinen. Sie kann nicht verhindern, dass ihr die Tränen über die Wangen rinnen, sie kann sie auch nicht abwischen. Sie weint nicht um ihren Bruder Karl, das weiß sie selber, auch nicht um Franz oder um ihre unglückliche Ehe. Sie weint, weil sie gerade jetzt die Hoffnung aufgibt und denkt, dass sie ihre Kinder nie wiedersehen wird. Dass der Kaspar und die Sophie ohne sie aufwachsen werden. Sie hofft, dass der Walter gut zu ihnen ist und ihre Eltern sich kümmern. Wenn sie nicht daran zerbrechen, dass sie auch ihr drittes Kind verlieren.

33

FREITAG, 15. MAI — NACHT

Walter sitzt daheim im Dunkeln am Tisch. Er hat ein Bier vor sich, aber er mag es gar nicht trinken. Er denkt an das Annerl, was er ihr angetan hat. Wie hat es so weit kommen können? Freilich, sie ist ihm auf die Nerven gegangen mit ihren Vorwürfen, aber dass er einmal seine Frau schlägt, die er doch so lieb hat …

Er erinnert sich an die Zeit, als er sie kennengelernt hat, die kleine Schwester von seinen beiden besten Freunden. Wie Karl und Franz sie nicht haben mitnehmen wollen, aufs Frühlingsfest zum Beispiel. Er aber schon. Weil er sich gefreut hat über ihr Staunen beim Riesenradfahren, wie er sie hat beruhigen können, wenn ihr da oben schwindlig geworden ist. Noch vor dem Krieg haben sie sich heimlich einander versprochen, ja sogar einen Kuss hat sie ihm mitgegeben, damit er immer an sie denkt. Er hat ihr fleißig geschrieben, aber nie das, was er wirklich gesehen, getan und erlebt hat. Davon hat er auch nach dem Krieg nicht geredet, nicht mit ihr und auch mit niemand anderem. Die Männer, die dabei gewesen sind, haben ja gewusst, wie es war. Und die anderen, die hätten nicht verstanden, dass der Mensch dann schlimmer ist als jedes Viech, auch er, auch Annas Brüder.

Fast jede Nacht hat er Albträume, das weiß die Anna auch, aber sie hat keine Ahnung, was er dann sieht und was ihn so verfolgt. Er hat nach dem Krieg mit ihr ein neues Leben anfangen, die vier verlorenen Jahre vergessen wollen. Er konnte froh sein, ohne körperliche Verletzungen wieder heimgekommen zu sein, doch über dem Neuanfang lag der Schatten der Erinnerung und ist bis heute nicht verschwunden. Walter ist nie mehr der lustige, sorglose, lebensfrohe Kerl geworden, der er vorher war. Und das Saufen hilft manchmal, dass er das alles wenigstens für ein paar Stunden vergisst.

Er hört die schweren Schritte auf der Treppe, und gleich darauf kommt der Schwiegervater herein, sieht ihn dasitzen, schnaubt nur kurz.

»Saufst wieder?«

»Oan Schluck bloß. Es schmeckt mir aber ned.«

Wurzer macht Licht, Walter spürt seinen prüfenden Blick.

»Hast was rausgefunden?«

Walter schüttelt den Kopf. »Keiner weiß, wo die Anna sein könnt. Die Frau im Milchgeschäft hat sie am Dienstag oder Mittwoch das letzte Mal gesehen, das weiß sie nimmer so genau.«

Wurzer setzt sich zu ihm.

»Jetzt denk noch mal ganz genau nach, Walter. Jede Kleinigkeit kann wichtig sein. Wo könnt sie sein, was könnt passiert sein? Hat sie irgendwas erzählt in letzter Zeit, was anders ist wie vorher? Neue Leut kennengelernt ...«

Walter überlegt. Aber ihm wird immer mehr bewusst, dass er sehr wenig über seine Frau weiß. Erzählt sie nichts, oder hört er nicht zu? Wahrscheinlich hat sie's längst aufgegeben, mit ihm zu reden.

»Das Nähen, die Kinder, der Haushalt ... ich kenn ned mehr von ihr.« Es klingt hilflos. Und er merkt selber, dass es ein recht kleines Leben geworden ist, das er seiner Frau ermöglicht. Nicht nur die armselige Wohnung; seine Anna kommt ja auch kaum hier heraus, ist mit den Kindern beschäftigt, wartet auf ihn.

Er steht auf. »Ich geh noch mal los, sie suchen. Ich kann da ned rumsitzen.«

»Es ist finster, und du findest sie gewiss ned, auch wenn sie in der Stadt ist«, antwortet Wurzer. »Und jetzt sei einen Moment stad, ich muss nachdenken.«

Walter setzt sich wieder hin, schweigt, dreht die Bierflasche in der Hand. Er sieht seinem Schwiegervater beim Denken zu, er kann richtig spüren, wie es in dessen Kopf arbeitet, als ob er noch einmal alle Informationen durchgehen und überlegen würde, was er denn übersehen haben könnte.

»Komm mit«, sagt Wurzer. »Wir schaun uns das Zimmerl von eurer Nachbarin noch mal an.«

»Und wenn ihr Bub da ist?«

»Umso besser, mit dem würde ich sowieso gern reden.«

Wurzer stutzt. Die Tür zu Veronika Haberls Kammer steht offen. Vorsichtig schaut er hinein. Finster ist es. Auf sein Rufen antwortet niemand. Walter geht zum Tisch, zündet die Petroleumlampe an.

Der Bub ist nicht da, aber es war jemand im Zimmer, der offensichtlich etwas gesucht hat. Aus dem unteren Teil des Büfetts ist das Gewand herausgeräumt und liegt durcheinander auf dem Boden. Die oberen Türen stehen offen, jemand hat die Matratze vom Bett gerissen und die Decke vom Kanapee gezogen.

»Wenn da was war, dann ist jetzt nix mehr da«, kommentiert Walter.

Wurzer antwortet nicht. Er hebt ein Kleidungsstück nach dem anderen auf, schüttelt es kurz, legt es auf den Stuhl. Dann nimmt er sich das Geschirr vor, schaut in jede der vier Tassen, zieht die Schubladen ganz heraus, sieht nach, ob unten was angeklebt ist, ob was dahinter versteckt ist.

Dann geht er bedächtig in der Kammer auf und ab, schaut sich die Wände an, leuchtet in jeden Winkel. Der Holzboden knarzt, an einer Stelle gibt er sogar ein bisschen nach. Wurzer hält inne. Hat er sich das gerade eben eingebildet? Er geht zurück, dann wieder vor. Doch, es stimmt: Der Boden gibt nach. Wurzer leuchtet die Stelle aus.

Ein altes Stück Teppich liegt da auf dem Holzboden. Er zieht es weg und kniet sich hin. Ruhig tastet er die Dielenbretter ab, dann holt er sein Taschenmesser heraus und hebt das Brett an.

»Dass du so was merkst …«, sagt Walter beeindruckt.

»Halt mir die Lampe her«, antwortet Wurzer.

Er tastet sich mit der Hand in das kleine Versteck vor und hofft, dass da keine Viecher leben. Ihm graust vor Ratten. Es raschelt. Kein Ungeziefer. Papier. Er holt ein Bündel heraus und lächelt. Ob der Eindringling danach gesucht hat?

»Komm, das schau ich mir bei euch an«, sagt Wurzer. »Da ist das Licht besser.«

Gemeinsam sitzen sie in Annas und Walters Stube, die Köpfe über die Zettel und Brieferl gesenkt.

»Das sind ja bloß Liebesbriefe und Gedichte«, sagt Walter und klingt enttäuscht.

»Ja, da hat sich einer was einfallen lassen«, antwortet Wurzer nur und schaut sich jedes Papier genau an.

Zwei oder drei der Gedichte kommen ihm bekannt vor, vielleicht sind sie aus einem Lesebuch oder Sprüchekalender. Dann gibt's Zettel mit ein paar lieben Worten. Dass die Augen wie Sterne leuchten oder die Sonne aufgeht, wenn sie kommt. Was man halt so schreibt, wenn man verliebt ist. Er kann sich schon noch an die Zeit erinnern, wo er seiner Frau nach einem Spaziergang ähnliche Zettel zugesteckt hat, weil er nicht laut hat sagen können, was da draufgestanden ist.

Manche Zettel sind mit »G.« unterzeichnet, andere mit »Gustl«. Das ist der Mann, der Veronika Haberl die letzten Wochen von der Arbeit abgeholt und heimgebracht hat. Der Koch hat diesen Namen genannt.

Es steht nirgends etwas, das man hätte verstecken müssen. Vielleicht hat Veronika Haberl ihre Liebschaft noch vor ihrem Buben verborgen und deshalb die Papiere nicht herumliegen lassen. Aber ob wirklich jemand in eine Wohnung einbricht, nur um nach Liebesbriefen zu suchen? Vielleicht, weil er nicht mit der Toten in Verbindung gebracht werden will? Dieser Gustl zum Beispiel? Oder hat der Einbrecher etwas anderes gesucht und auch gefunden?

»Da ist ein Zetterl auf den Boden gefallen«, sagt Walter, bückt sich, hebt das Papier auf, schaut es sich an. »Das ist die Adresse von diesem Gustl. Der wohnt in der Nähe vom Ostentor.«

Wurzer steht auf. »Da gehen wir jetzt hin«, sagt er entschlossen. Denn auch wenn diese Spur erst einmal nicht zu Anna führen sollte, so vielleicht zu einem wichtigen Zeugen, was den Mord an Veronika Haberl angeht. Denn inzwischen ist Wurzer fest davon überzeugt, dass sie umgebracht worden ist.

»Aber …« Walter schaut zum Fenster raus. »Es ist doch noch finster.«

»In einer halben Stunde wird's hell – und es pressiert.«

Die Hauswirtin ist schon auf, als sie klingeln. Aber recht ungehalten, dass sie so früh gestört wird. Freilich wolle sie der Polizei helfen, wenn sie könne. Doch der Zimmerherr sei grad ausgezogen, weil er eine Arbeit gefunden habe auf dem Höllrigl-Gut bei Hainsacker.

Wurzer bedankt sich und verabschiedet sich, wendet sich dann besorgt an Walter. »Da hat Veronika Haberl bis vor ein paar Monaten gearbeitet. Irgendwas stimmt da ned ...«

Einen Moment denkt er nach. »Wie weit ist es bis Hainsacker?«

»Gut zehn Kilometer, schätz ich.«

»Du musst uns ein Auto besorgen. Gleich.«

34

SAMSTAG, 16. MAI – MORGEN

Nichts hat er gefunden, gar nichts. Dabei hat er gestern Nachmittag das ganze Zimmer auf den Kopf gestellt, jeden Winkel durchsucht. Freilich kann es sein, dass die Vroni seine Briefe weggeworfen hat, und das wäre auch das Beste für ihn. Aber das hätt nicht zu ihr gepasst, denkt Gustl, als er am frühen Morgen auf das Haupthaus vom Höllrigl-Gut zugeht.

Er hat sich eigens das Auto vom Alois geliehen, um noch einmal nach Regensburg zu fahren. Dem Bruder hat er erzählt, dass er seinen Ausweis bei der früheren Vermieterin liegen gelassen hat. Alois hat ihm einen Anschiss verpasst, dass er seine Sachen zusammenhalten und endlich ein Mannsbild werden soll, das für sich selber sorgen kann.

Gustl will gerade ins Haus, um mit seiner Arbeit zu beginnen, da bemerkt er Alois, der bei seinem Audi steht und zu ihm herüberschaut. Gustl geht hin und versucht, einen entspannten Eindruck zu machen.

»Ich bin ned damit angefahren, brauchst ned schauen.«

»Und deinen Ausweis hast gefunden?«

Gustl ist auf die Frage vorbereitet, er zieht das Papier heraus, zeigt es dem Bruder. Alois nickt, dann bemerkt er, dass Dreck unter der Stoßstange seines Wagens hängt. Er wühlt in seinen Hosentaschen, aber er findet offenkundig nicht, wonach er sucht.

»Hast du ein Taschenmesser für mich? Ich find meins grad ned«, sagt er zu Gustl, der ihm bereitwillig seines reicht. Alois sieht es an, dann lächelt er. »Das schaut ja genauso aus wie meins.«

Gustl lächelt zurück und spürt zum ersten Mal seit Langem wieder eine tiefe Verbundenheit mit Alois. »Die haben uns doch die Eltern einmal zum Christkindl geschenkt.«

Alois beginnt, den Dreck unter der Stoßstange herauszukratzen, und schaut kurz hoch: »Dann geh an die Arbeit, es ist noch viel zu tun, bevor die Kameraden kommen.«

Gustl ist erleichtert, dass Alois keine weiteren Fragen zu seiner Fahrt nach Regensburg stellt, andererseits ist er enttäuscht, dass der nahe Moment wieder vorbei ist. Er hofft, dass ihn die Arbeit ablenkt von dem Gedanken, dass da zwei im Bierkeller sitzen, denen es von Stunde zu Stunde schlechter geht.

»Ich geb dir das Taschenmesser später wieder«, hört er Alois noch rufen, da bleibt er unwillkürlich stehen. Er erinnert sich an das Messer, das er auf der Schillerwiese gefunden hat. Warum ist ihm das nicht gleich eingefallen? Noch einmal schaut er zurück zu seinem Bruder, der jetzt das Profil der Reifen sauber kratzt. Nein – das, was er jetzt denkt, das kann nicht wahr sein. Das ist einfach nur ein böses Hirngespinst. Gustl schiebt diese Gedanken ganz, ganz weit weg und macht sich an die Arbeit.

35

SAMSTAG, 16. MAI – MORGEN

Walters Chef schaut erst sehr skeptisch auf seinen Mechaniker. In letzter Zeit war er nicht recht zuverlässig, und jetzt will er auch noch ein Automobil? Aber da ist der Oberkommissär aus München, der die Sache sehr dringend macht, und er möchte sich nicht dagegen sträuben, wenn sein Wagen bei der Verbrecherjagd von Nutzen sein kann. Denn das hat er noch nicht erlebt, dass es auf Leben und Tod geht, das ist eine Geschichte, mit der kann er auf d' Nacht beim Stammtisch angeben. Freilich ohne Einzelheiten zu verraten, es sind ja laufende Ermittlungen, sagt der Herr Oberkommissär. So gibt der Chef Walter die Schlüssel zu seinem eigenen NSU, wenn auch mit einer Portion Sorge, ob sein Mechaniker ihm das Fahrzeug heil wiederbringt. Aber selber chauffieren, das will er dann doch nicht. Wer weiß, welche Gefahren dort lauern, wo die beiden hinfahren.

Wurzer fühlt sich nicht recht wohl im Automobil. Er ist bisher selten mitgefahren und mag diese Art der Fortbewegung nicht. In der Stadt, da geht's noch nicht so schnell, aber der Walter fährt jetzt über Land, und da fliegen die Felder nur so vorbei. Auch wenn ihm das Tempo nicht behagt, Wurzer weiß, dass er sich auf den Walter verlassen kann. Sie sind zusammengerückt in dieser Nacht, voller Sorge um die Anna, die sie beide lieben.

146

»Wenn wir auf dem Gutshof sind, möcht ich mich umschauen«, sagt Wurzer.

»Brauchst nur zu sagen, dass du ein Oberkommissär bist«, antwortet Walter. »Hat doch bei meinem Chef auch Eindruck gemacht.«

»Naa, des bringt bei solchen Herrschaften nix, glaub ich«, antwortet Wurzer. »Erst probier ich's einmal inkognito.«

Eine Weile hängen beide ihren Gedanken nach.

Walter räuspert sich. »Das wär alles ned passiert, wenn ich dem Annerl ein besserer Ehemann gewesen wär«, sagt er dann.

Wurzer schweigt. Er glaubt nicht, dass die Anna weggelaufen ist, weil ihr Mann sie geschlagen hat. Irgendetwas anderes ist passiert.

Aber er versteht die Gedanken seines Schwiegersohns sehr gut. Auch er macht sich Vorwürfe. Das alles wäre nicht passiert, wenn er seinem Annerl besser zugehört hätte, als sie von der verschwundenen Nachbarin erzählt hat.

Er mustert Walter von der Seite, wie er konzentriert den Wagen steuert. Walter sieht aus, als würde ihm eine zentnerschwere Last auf der Seele liegen. »Wir finden das Annerl schon«, sagt Wurzer beschwichtigend. »Und dann kannst du alles wiedergutmachen.«

Walter schweigt, wirkt in keiner Weise getröstet.

»Musst ihr halt zeigen, dass du was ändern willst.«

Walter räuspert sich, dann beginnt er leise zu reden: »Da ist noch was anderes …«

Wurzer sieht ihn überrascht an.

»Es hat nicht direkt mit dem Annerl zu tun«, fügt Walter hinzu. Er tut sich schwer, den richtigen Einstieg zu finden, wirkt sehr bedrückt. »Es hat mit dem Krieg zu tun«, sagt er schließlich leise. »Mit mir und dem Franz …«

»Halt«, sagt Wurzer, sonst nichts. Tatsächlich hält Walter einen Moment inne. Wurzer atmet tief durch. Er hat das Gefühl, dass das eine Art Beichte werden soll. Aber das hält er jetzt nicht aus. Wenn er an seine Buben denkt, funktioniert sein Hirnkastl nicht mehr so richtig, und gerade ist eh schon viel zu viel Angst und Sorge mit im Spiel, da ist das Kombinieren schwer.

»Ich wollt schon längst mit dir drüber reden«, fängt Walter neu an.

»Das machen wir ein anderes Mal«, bremst Wurzer ihn aus. »Wie weit ist es noch?«

Walter antwortet nicht, tritt aber kräftig aufs Gas.

Wurzer hält sich am Innengriff der Tür so fest, dass ihm die Finger wehtun. Ihm wird schlecht, aber das mag er auf keinen Fall zugeben.

36

SAMSTAG, 16. MAI – VORMITTAG

Es graust ihr vor dem Mann, der da neben ihr liegt, zufrieden, befriedigt, kurz vor dem Einnicken, Geräusche zwischen Grunzen und Schnarchen. Damals auf der Dult, als sie ihn kennengelernt hat, da hat er ihr gefallen. Stattlich, selbstbewusst, einer mit Geld und Manieren, hat sie sich gedacht. Das mit dem Geld stimmt ja auch. Liebe ist es gewiss nicht gewesen, aber im Lauf der Zeit ist ihr auch jede Achtung vor ihm verloren gegangen. Sie ist keine Gesellschafterin, wie das offiziell heißt. Sie ist dafür da, dass er ständig jemanden zum Schikanieren hat. Er lässt sich bedienen, am Tisch und im Bett, er hat das Geld, er hat das Sagen.

»Zenzerl, jetzt hätt ich gern an Kaffee und was Süßes.«

Sie steht schweigend auf, spürt seinen Blick in ihrem Rücken, zieht sich etwas an.

»Und mach dich a weng fesch«, sagt er noch. »Weil wenn's Gsicht nimmer herhalt, muss das Gewand herhalten.«

Sie zuckt zusammen, verletzt und wütend zugleich, aber er lacht nur: »Wirst doch einen Spaß verstehen.«

Damit dreht er sich zur Seite, sie weiß ja jetzt, was sie zu tun hat.

Beim Hinausgehen vermeidet sie den Blick auf den Berg Fleisch, der da auf dem Bett liegt. Seine alten Pantoffeln stehen ordentlich da, längst sind sie kaputt, die Sohle hat sich vorne schon gelöst. Aber Lugauer will sie nicht wegwerfen, sie sind ein Geschenk von seiner Mutter, die ein paar Wochen, bevor er sich Kreszentia ins Haus geholt hat, gestorben ist. Er hat sich damals nach einer Gesellschafterin umgeschaut, weil er einer ist, der nicht allein sein kann, der ein Weibsstück braucht, das er demütigen kann.

»Wird's bald?«, raunzt er ihr noch hinterher.

Leise schließt sie beim Hinausgehen die Tür hinter sich.

37

SAMSTAG, 16. MAI – VORMITTAG

»Halt lieber im Ort und lass uns zu Fuß weitergehen«, sagt Wurzer zu seinem Schwiegersohn, als sie durch Hainsacker fahren.

»Aber das ist von hier aus schon noch eine gute halbe Stunde zu gehen«, antwortet Walter.

Wurzer nickt. »Mit dem Automobil fallen wir doch viel zu sehr auf, wenn wir da vorfahren. Aber zwei Spaziergänger, die sich ein bisserl verlaufen haben …«

Walter hält an, doch dann zögert er, als er die neugierigen Blicke der Leute sieht. »Im Dorf fällt das Auto auch auf. Vielleicht fahren wir noch ein Stück weiter, und ich stell es auf einem Seitenweg am Waldrand ab.«

Wurzer überlegt kurz, dann nickt er.

Sie fahren noch ein paar Minuten, dann parkt Walter außerhalb des Dorfs am Wald. Schweigend gehen sie eine Weile, angespannt, was sie erwarten könnte.

Sie fragen einen Bauern, der seine Sense dengelt, nach dem genauen Weg zum Höllrigl-Hof. Der zeigt ihnen die Richtung, arbeitet ruhig weiter.

»Was kann ich tun?«, fragt Walter knapp.

»Das weiß ich jetzt noch ned«, antwortet Wurzer und deutet auf das Anwesen, das vor ihnen liegt. »Aber vielleicht ergibt sich ja was.«

Wurzer schaut auf das stattliche Haus, die großen, mächtigen Stallungen und umfangreichen Wirtschaftsgebäude, die rund um den Hof angeordnet sind. Hier sieht alles nach Wohlstand aus. Ein Knecht kommt mit einer Fuhre Mist aus dem Stall, kippt sie auf den Haufen. Wurzer geht auf ihn zu, nickt.

»Grüß Gott, wir suchen jemanden, der die Veronika Haberl gut kennt. Die hat bei euch bis vor ein paar Monaten gearbeitet.«

»Ich bin selber noch ned lang da«, sagt der Knecht und deutet auf eine Magd, die gerade Milchkannen herausschleppt. »Aber fragen S' einmal die Lena, die kennt sich aus.«

Wurzer geht zur Magd, die die Kanne abstellt und verschnauft. Er lupft seinen Hut.

»Grüß Gott, kann man helfen?«, fragt Wurzer.

Die Magd mustert ihn halb spöttisch, halb herablassend. »Guader Mo, Sie schaun ned aus wia der neue Knecht.«

»Naa, das bin ich ned«, antwortet Wurzer, »ich such die Veronika Haberl.«

»Die Vroni is schon seit Lichtmess nimmer da«, sagt die Magd. »Schad, das war eine Nette.«

»Wo ist sie denn hin?« Wurzer tut erstaunt.

»In die Stadt hinein, hab ich gehört. Mit ihrem Buben.«

»Eine Anna Kreitmayr kennen S' ned zufällig?«

Die Magd wird misstrauisch. »Naa, und ich hab jetzt aa koa Zeit mehr. Reden S' lieber mit dem Gutsherrn, wenn S' was wissen wollen. Pfiad Eahna.«

Damit geht sie zurück in den Stall.

Veronika Haberls Tod hat sich offenbar noch nicht herumgesprochen, denkt Wurzer, als er weiter über den Hof schlendert. Die Magd scheint jedenfalls nichts zu wissen. Aber wie auch?

Gefunden worden ist die Leiche erst am Mittwoch, am Donnerstag ist was von einer unbekannten Toten auf der Schillerwiese in der Zeitung gestanden. Dass Kreszentia Wenninger sie identifiziert hat – wie hätte die Magd das hier mitkriegen sollen?

Er sieht sich um. Wo ist der Walter abgeblieben? Dahinten bei einem offenen Schuppen, in dem ein schöner neuer Audi neben einem etwas älteren Modell steht. Bewundernd betrachtet er den neuen Wagen. Wurzer will gerade zu ihm gehen, als er sieht, dass ein junger Mann, der etwas hinkt, eilig dazukommt.

»Was machstn da?«, ruft der junge Mann unfreundlich.

Walter wendet sich ihm zu und redet mit ihm. Wurzer tritt etwas beiseite, beobachtet die Szene eine Weile. Der Mann scheint sich zu beruhigen, und die beiden beginnen offenbar mit dem Fachsimpeln, sogar ein kleines Lachen ist zu hören.

Wurzer kommt langsam näher; schließlich wendet der junge Mann sich ihm misstrauisch zu.

»Und wer sind jetzt Sie?«

»Das ist mein Schwiegervater«, sagt Walter schnell. »Der hat mich bloß begleitet.«

Wieder lupft Wurzer den Hut und wünscht einen guten Morgen.

»Und das«, fügt Walter in Richtung Wurzer hinzu, »ist der Alois, der arbeitet da. Er sagt, sie brauchen keinen Chauffeur.«

Wurzer stutzt kurz, dann sieht er Walter anerkennend an.

»Mei«, sagt Alois, »der Gutsbesitzer fährt seinen neuen Audi gern selber und ich den meinigen auch.« Damit legt er seine Hand stolz auf den Kotflügel des älteren Modells.

Wurzer schenkt ihm die Anerkennung, die er sich wünscht: »Hier muss man ja gut verdienen, wenn Sie sich ein Automobil leisten können.«

»Ich bin dem Gutsbesitzer sein engster Mitarbeiter«, antwortet Alois ein bisschen von oben herab. »Deswegen hat er mir seinen alten Wagen gegeben.«

»Schad«, mischt sich Walter ein. »Ich hätt hier gern eine Anstellung gehabt.«

»Auch wenn wir grad niemand einstellen – das kann in ein paar Wochen schon ganz anders ausschauen«, sagt Alois. »Auf die Dauer werden wir mehr Automobile brauchen und auch einen, der sich damit auskennt und sie repariert und wartet.«

»Ist vielleicht was kaputt?«, fragt Walter. »Dann könnt ich jetzt schon zeigen, was ich kann.«

Alois mustert ihn etwas überrascht, dann grinst er. »Die laufen beide wie am Schnürl. Aber das Waschen könnt mein Wagen vertragen. Also, wenn du magst …«

Walter nickt entschieden. »Fahr ihn raus, dann mach ich das. Damit du siehst, dass ich die Arbeit ned scheu.«

Wurzer ist beeindruckt. Walter hat den jungen Kerl nicht nur abgelenkt, sondern auch in kurzer Zeit eingewickelt.

Alois geht in den Schuppen, setzt sich ins Auto, lässt den Motor an.

»Das hast gut gmacht«, sagt Wurzer zu seinem Schwiegersohn und sieht, dass ihn die Anerkennung freut.

Alois fährt den Wagen heraus, steigt aus und schaut Walter herausfordernd an: »Dahinten sind Kübel und Lappen, der Brunnen ist da vorn.«

Walter erwidert seinen Blick: »Dann bis später.«

Alois sieht noch einmal zu Wurzer.

»Und Sie, wollen S' Ihrem Schwiegersohn helfen?«

»Einen schönen Hof haben Sie da«, sagt Wurzer, ohne auf die Frage einzugehen. Scheinbar tief beeindruckt lässt er seinen Blick schweifen. »Alles so sauber und stattlich …«

»Ja, bei uns gibt's keine Schlamperei«, bestätigt Alois.

»Darf ich mich ein bisserl umschauen?«

Alois nickt: »Freilich, wir haben nix zu verbergen.« Damit geht er zurück zum Haus.

Walter macht sich gleich an die Arbeit, als ginge es wirklich darum, hier auf dem Gutshof eine Anstellung zu bekommen.

Wurzer schaut dem hinkenden jungen Mann nach. Er hat offenbar nicht übertrieben mit seiner Behauptung, dass er hier was zu sagen hat: Vor dem Eingang gibt er zwei Bediensteten Anweisungen; die nicken und machen sich an die Arbeit.

Wurzer lässt seinen Blick schweifen. Neben einem Stadel steht ein Mann, der zu ihnen herübersieht. Als er merkt, dass Wurzer ihn mustert, wendet er sich ab und geht in Richtung Misthaufen. Das muss nichts bedeuten, denkt Wurzer. Wir sind halt Fremde auf dem Hof, da schaut einer schon mal. Andererseits macht der das doch recht auffällig.

Während Walter das Automobil abwäscht, versucht Wurzer, den Mann im Auge zu behalten, ohne dass dieser es merkt. Offenbar macht der dasselbe wie ich, denkt Wurzer. Er beobachtet mich dabei, wie ich ihn beobachte.

Eine Küchenhilfe kommt mit Gläsern und einem Krug aus dem Haus.

»Ich soll euch was zu trinken bringen. Selber gemachte Limonade.«

»Das ist aber wirklich gastfreundlich«, meint Wurzer und nimmt dankbar das Glas an, das sie ihm reicht.

»Bedankts euch beim Alois, der hat es mir angeschafft«, gibt die Frau keck heraus.

»Dann sagst ihm Dankschön von uns«, antwortet Wurzer und bemüht sich, den Mann, der vom Misthaufen in Richtung

Stall schlendert und immer wieder herüberschaut, nicht aus den Augen zu lassen.

»Da traut uns einer ned«, sagt er scherzhaft und weist auf den Beobachter.

Die Küchenhilfe lacht. »Ich glaub, der findet sich noch ned ganz zurecht, weil er grad erst angefangen hat.«

»Aha, ein neuer Stallbursch?«

»Nein, das ist der Bruder vom Alois. Aber ich weiß auch ned, was er da drüben macht. Weil eigentlich soll er sich um die Vorräte kümmern.«

»Anscheinend hat er grad wenig zu tun.«

Die Küchenhilfe schaut missbilligend. »Mir ham mehr als genug zu tun, wo doch die Kameraden vom Gutsherrn kommen – und die werden auch ein paar Tage bleiben.«

»Da wird gewiss viel gefeiert«, meint Wurzer.

»Das auch«, sagt die Küchenhilfe.

Wurzer wagt sich etwas weiter vor. »Kennst noch die Vroni Haberl, die war auch hier in der Kuchl?«

Die junge Frau stellt das Tablett mit dem Krug auf einem Hocker im Schuppen ab.

»Ich muss wieder rein«, sagt sie und will gehen.

»Die Limonade ist sehr guad«, ruft Walter, der gerade die Kotflügel sauber macht.

»Dann passt's ja«, sagt sie lächelnd. »Wenn ihr noch was brauchts, dann rührts euch.«

Der Mann, der sie die ganze Zeit beobachtet, geht nun aufs Haus zu.

»Jessas«, sagt die Küchenhilfe spöttisch, »ich glaub, der fangt jetzt doch noch mit der Arbeit an, der Gustl.«

Wurzer trifft fast der Schlag. »Wie heißt der?«

»Gustl halt.« Damit geht sie.

Wurzers Gedanken arbeiten fieberhaft. Er hat höchstwahrscheinlich den Mann gefunden, der Veronika Haberl die Liebesbriefe geschrieben hat und mit ihr am Abend ihres Todes verabredet war.

Walter wendet sich ihm zu: »Des is doch kein Zufall, dass der Gustl heißt, oder …?«

»Mach du einfach weiter«, sagt Wurzer leise, »wir wollen ned auffallen. Ich schau mir den Kerl an.«

Wurzer stellt sein Glas ab und sieht, dass Gustl die Küchenhilfe aufhält und mit ihr spricht. Sie antwortet und schaut dabei unwillkürlich zu ihnen.

Kaum ist sie im Haus verschwunden, macht Gustl auf dem Absatz kehrt und geht zunächst scheinbar ruhig über den Hof in Richtung Wald. Doch als er an den Stallungen und Stadeln vorbei ist, fängt er an zu rennen.

»Jessas, der haut ab!«, ruft Wurzer nur und beginnt nun auch zu laufen. Freilich ist er nicht mehr so sportlich wie vor dreißig Jahren, aber der Kerl darf ihm nicht entkommen.

Er hört noch Walter rufen, aber er hat keine Zeit, ihm zu antworten. Am Waldsaum schaut er sich um, entdeckt den Flüchtigen zwischen den Bäumen und nimmt die Verfolgung auf, auch wenn ihm jetzt schon fast die Luft ausgeht.

Der Schuss kommt plötzlich.

Wurzer duckt sich weg. Die Kugel reißt einer Fichte an der Wetterseite die Rinde vom Stamm. Er rappelt sich hoch, will weiterlaufen, aber er sieht den Mann nicht mehr. Ganz ruhig bleibt er stehen und horcht, wo es knackt, wo es raschelt, lässt seinen Blick schweifen … Da vorne, eine Bewegung. Er beginnt zu laufen, die Augen immer auf den Mann gerichtet, den er nicht mehr verlieren will. Ein spitzer Schmerz bohrt sich plötzlich in seinen rechten Knöchel, der Fuß gibt nach, er sinkt zu Boden. Er hat einen großen Stein übersehen, ist umgeknickt.

Wurzer atmet tief durch, gibt sich einen Ruck, jetzt wieder aufstehen, weiterlaufen.

Doch sobald er den rechten Fuß aufsetzt, gibt das Bein im Schmerz nach.

»Ist dir was passiert?«, hört er Walters Stimme hinter sich. »Ich hab an Schuss gehört.«

»Der hat mich ned getroffen, aber ich hab mir den Fuß verstaucht.«

»Dann bleib da, ich lauf hinterher«, entscheidet Walter blitzschnell. »Den krieg ich schon.«

»Pass aber auf!«

Walter antwortet nicht, er ist schon losgesprintet. Wurzer kann nicht mehr tun, als ihm hilflos nachzusehen und sich einen Stecken zu suchen, der ihm vielleicht als Krücke dienen könnte.

38

SAMSTAG, 16. MAI – VORMITTAG

Schon seit einer Ewigkeit hat sie nichts mehr vom Karl gehört. Sosehr sein Gewimmer sie belastet hat – dass er nun gar keinen Ton von sich gibt, das beunruhigt sie noch viel mehr. Sie schaut zu ihm rüber. Schemenhaft kann sie den Buben erkennen, der genau wie sie auf dem kalten Boden sitzt, genau wie sie durchdrungen ist von der Kälte und Nässe des Raums und inzwischen wahrscheinlich genau wie sie seine gefesselten Hände und Füße nicht mehr spürt. Lange wird sie nicht mehr durchhalten. Immer wieder fallen ihr die Augen zu, und sie zwingt sich, wach zu bleiben, weil sie weiß, dass diese Art von Müdigkeit die Vorbotin des Todes ist. Nur der Gedanke an ihre Kinder lässt sie noch kämpfen. Sie darf nicht einschlafen. Wenn sie doch nicht so müde wäre …

Wie lange sind sie hier? Anna schätzt, dass es zwei Tage und zwei Nächte sind. Sie schaut auf die Ritze in der fest verschlossenen Tür zum Bierkeller. Schwach dringt das Licht herein, es ist also hell draußen, aber wie lange schon und wie lange noch? Die Hoffnung, dass der Mann noch einmal auftaucht, ihnen wieder etwas zu essen und zu trinken bringt, ihnen vielleicht sogar die Freiheit schenkt, hat sich nicht erfüllt.

Wenn niemand kommt, wird das ein elendes Sterben hier. Wahrscheinlich muss sie erst dem Karl zusehen, dann ist sie selber dran.

Doch Moment … Sind das Schritte draußen? Sofort ist sie wach. Soll sie um Hilfe rufen, so wie sie es die ersten Stunden ihrer Gefangenschaft getan hat? Oder ist das ihr Peiniger, und sie sollte sich lieber ruhig verhalten? Bringt er noch einmal Wasser und Brot, hat er eingesehen, dass er sie freilassen kann, oder … Weiter mag sie nicht denken, während sie hört, dass sich jemand an der Tür zu schaffen macht.

»Karl«, sagt sie leise, dann noch einmal lauter, aber Karl rührt sich nicht. Sie schaut in Richtung Tür, die gerade aufgeht, sieht aber mit ihren von der Dunkelheit empfindlichen Augen nur eine Silhouette im Gegenlicht. Der Mann kommt näher. Sie blinzelt, kann sein Gesicht immer noch nicht sehen.

»Es tut mir leid«, sagt der Mann leise, und da weiß sie, dass er nichts Gutes im Sinn hat. Bisher ist er zu feig gewesen, sie umzubringen, jetzt ist er zu feig, sie am Leben zu lassen. Sie wird versuchen, mit ihm zu reden. Noch einmal alle Kräfte zusammenzunehmen.

»Warum halten Sie uns gefangen? Wir haben doch gar nichts getan«, presst sie aus sich heraus.

Tatsächlich lässt er sich auf ein Gespräch ein.

»Sie haben mich gesehen.«

»Der Karl und ich wissen gar nichts.« Freilich stimmt das nicht, aber vielleicht kann sie ihn noch erreichen.

Der Mann holt eine Pistole heraus. Anna merkt, wie ihr die Angst durchs Mark fährt.

»Wenn ich euch am Leben lasse, dann bin ich selber dran«, sagt er, und Anna hofft nur noch, dass es schnell geht.

Ein Schatten erscheint hinter ihm in der Tür, kommt leise näher. Anna kann nicht anders – sie sieht zum Eingang, und da merkt ihr Entführer, dass etwas nicht stimmt. Doch bevor er sich umwenden kann, springt Walter ihn von hinten an und reißt ihn zu Boden.

Anna sieht voller Panik auf die beiden Männer im Kampf um die Waffe.

Da löst sich ein Schuss und erschüttert das ganze Gewölbe, grober Sand rieselt von der Decke. Walter stößt einen Schrei aus und fasst sich an den linken Oberarm.

»Walter«, ruft Anna angstvoll. Ihr Mann, der sie gesucht hat, der sie retten will, er wird doch nicht ...

Walter versucht sich hochzurappeln, aber Gustl steht bereits wieder, hat die Waffe auf ihn gerichtet und fragt: »Wo kommst du jetzt her?«

Walter antwortet nicht, schiebt sich mit ein paar Schritten zwischen den Entführer und Anna.

Gustl fuchtelt mit der Waffe herum. »Red schon!«

»Du tust meiner Frau nichts«, stößt Walter hervor. »Vorher musst mich umbringen.«

Anna sieht schockstarr zu Walter, der seinen Blick nicht von Gustl und der Waffe nimmt.

»Bist allein kommen oder ...«

»Ich seh keinen außer mir«, sagt Walter, und Anna fragt sich, wo ihr Vater ist. Hat sich Walter wirklich allein auf den Weg gemacht, um sie zu suchen und zu retten?

Sie sieht, dass ihr Mann kleine Schritte auf ihren Entführer zumacht.

»Komm, leg das Ding weg.«

»Bleib stehen, sonst bist tot.«

Gustl hält die Waffe weiter auf Walter gerichtet, doch seine Hand zittert. Anna bemerkt die Überforderung ihres Entführers. Er ist kein kaltblütiger Mensch, aber gefährlich ist er trotzdem. Gerade weil er nicht immer weiß, was er tut, was er tun will.

»Drück ab!«, ruft einer vom Eingang her.

Schemenhaft erkennt Anna zwei Männer. »Papa«, flüstert sie, als sie näher kommen, und sieht entsetzt auf ihren Vater, den ein Fremder vor sich her in den Keller schiebt und ihm dabei eine Pistole an die Schläfe drückt.

»Was ist denn da los? Wo kommen die her?«, ruft der Fremde und schaut erst auf Anna und Karl, dann fragend zu Gustl.

»Wir sind entführt worden«, sagt Anna.

»Halt's Maul, dich hat keiner gefragt.«

Damit schaut er auffordernd zu Gustl.

»Sie haben mich gesehen, wie ich bei der Vroni meine Briefe gesucht hab, Alois – und da hab ich die beiden doch mitnehmen müssen«, gesteht Gustl.

»Umbringen hättest sie sollen. Wenn du schon so dumm bist, dass du dich erwischen lässt.«

Gustl schweigt, senkt gedemütigt den Kopf.

»Musst es halt jetzt machen. Los.«

»Legen S' die Waffe weg«, wendet sich Wurzer an den zögerlichen Gustl. Alois verpasst ihm mit dem Griff seiner Waffe einen Schlag gegen die Schläfe. Wurzer taumelt, Anna stockt der Atem.

»Jetzt schieß halt«, ruft Alois noch einmal.

Gustl aber wendet sich ihm zu. »Hast du was mit dem Tod von der Vroni zu tun?«

»Spinnst du komplett?«, schreit Alois, ohne die Waffe von Wurzers Kopf zu nehmen. »Das ist doch jetzt vollkommen wurscht.«

»Mir ist das ned egal«, antwortet Gustl. »Weil ich hab sie nämlich geliebt.«

»Hör auf mit dem Blödsinn. Sie war ein Flitscherl, und sie hat herumgetratscht, was sie auf dem Gutshof aufgeschnappt hat. Wir können froh sein, dass das ein Kamerad mitbekommen und uns informiert hat.«

»Und dann hast du sie aufgehängt, damit sie eure Ideen vom Umsturz ned weitererzählen kann.«

»Ich hab dir gsagt, was wir mit Verrätern machen.«

Anna spürt, dass nicht nur sie atemlos der Auseinandersetzung der Männer folgt. Auch ihr Vater und ihr Mann lauschen angespannt. Ihnen allen ist klar, wie explosiv die Situation ist.

»Jetzt erst einmal ganz ruhig …«, macht Wurzer einen erneuten Versuch, aber Alois schlägt ihn noch einmal und stößt ihn dann von sich. Anna sieht, wie ihr Vater stürzt und Gustl, der bislang seine Waffe auf Walter gerichtet hat, sich langsam dreht und auf Alois zielt.

»Wir sind Brüder, wir sind immer füreinander da gewesen«, sagt er.

»Ich hab für dich gesorgt, du bist ja zu blöd zum Leben«, antwortet Alois.

»Du hast mich zum Gespräch mit dem Gutsherrn auf den Höllrigl-Hof gelockt, bist statt meiner an die Donau und hast die Vroni ermordet.«

»Jetzt hör schon auf zu winseln. Wir müssen hier aufräumen und dann nix wie weg.«

Damit zielt Alois in Richtung Anna, der ein leiser Angstlaut entfährt. Walter, die Hand auf die Wunde am anderen Arm gedrückt, stellt sich wieder vor sie.

Anna sieht im Augenwinkel, wie ihr Vater sich langsam und von Alois unbemerkt aufrichtet. Alois scheint jetzt erst zu bemerken, dass Gustl inzwischen ihn mit der Waffe bedroht.

»Mach koan Scheiß, derschieß die vier und gut is.«

Tatsächlich schießt Gustl genau in diesem Moment, doch auf seinen Bruder. Die Kugel zischt knapp an dessen Kopf vorbei, und noch bevor jemand eingreifen kann, schießt Alois zurück, und Gustl bricht zusammen.

Eine Sekunde zu spät wirft sich Wurzer gegen Alois, verpasst ihm einen Handkantenschlag auf den Adamsapfel, sodass dieser die Waffe fallen lässt und röchelnd nach seinem Hals greift. Walter eilt zu Gustl, nimmt sich dessen Pistole. Wurzer will nach Alois' Waffe greifen, doch der rammt ihm den Fuß in den Bauch und flieht.

»Halt, stehen bleiben«, rufen Wurzer und Walter zur gleichen Zeit. Wurzer kann sich nicht schnell genug aufrichten, doch Walter eilt zum Eingang des Bierkellers und schießt mit Gustls Pistole auf den Fliehenden, aber er trifft ihn nicht.

»Der ist weg«, sagt er, als er in den Keller zurückkommt.

Wurzer kniet bei Gustl. »Und der ist tot«, sagt er leise.

Walter ist mit ein paar Schritten bei Anna und befreit sie von ihren Fesseln. Auch Wurzer will zu ihr gehen, da fällt sein Blick auf den Jungen, der etwa zwei Meter entfernt bewusstlos in seinen Fesseln hängt.

»Das ist der Karl, der Sohn von der Vroni«, sagt Anna. Dann legt sie die Arme um den Hals ihres Mannes, der sie fest an sich drückt. »Danke«, flüstert sie.

»Bedank dich bei deinem Vater«, antwortet Walter.

Anna sieht zu Wurzer, der die Tränen der Erleichterung kaum noch zurückhalten kann.

39

SAMSTAG, 16. MAI – MITTAG

Sie hat ihn nicht halten können. Wenn einer so schwer ist … Womöglich wäre sie sonst selbst mit ihm gestürzt.

Kreszentia steht oben an der Treppe und schaut hinunter auf den dicken Mann, der da auf dem Boden liegt. Seltsam verdreht ist sein Kopf, er tut keinen Mucks mehr. Sie geht vorsichtig Stufe für Stufe hinunter, als hätte sie Sorge, doch noch selbst zu fallen, und sieht ihn sich genauer an. Da kann man nichts mehr machen, da ist sie sicher.

Es war im Grunde nur eine Frage der Zeit, bis er über seine alten Pantoffeln stolpert. Sie hat ihm schon ein paarmal gesagt, dass er neue braucht, aber die da waren halt von der Mama und deswegen heilig.

So ein unglücklicher Sturz. Dabei ist er grad vorhin noch vergnügt in seinem Bett gesessen, hat Kaffee getrunken und ein Stück Kuchen gegessen. Wer sich denn jetzt um die Leich von der Schlampn kümmere, hat er sie gefragt. Freilich hat sie gewusst, dass er die Vroni meint, und das konnte sie nicht auf ihrer Nichte sitzen lassen. Ihr Widerspruch hat ihn erst recht gereizt.

»Freilich ist sie eine Schlampn, aber sie hat es ja ned gestohlen – du bist ja auch eine.«

Kreszentia ist zusammengezuckt. So hat er sie noch nie genannt. Lugauer aber hat noch einmal nachgelegt.

»Hast gemeint, ich weiß des ned? Dass es dir nur um ein gemütliches Leben geht und ned um mich?«

»Geht's dir denn um mich?«, hat Kreszentia zurückgefragt.

Lugauer hat höhnisch gelacht, dann ist er aufgestanden und an ihr vorbei aus dem Zimmer gegangen, ohne sie noch eines Blickes zu würdigen. Sie folgte ihm zum Treppenabsatz, wollte noch etwas sagen, aber er winkte grantig ab.

»Lass mir meine Ruh.«

Damit ging er die ersten Stufen der Treppe hinunter, wandte ihr aber noch einmal den Kopf zu, trat nicht richtig auf und stolperte über seine alten Pantoffeln. Er wollte sich noch am Handlauf festhalten, kam aber nicht mehr ins Gleichgewicht.

Sie eilte die Stufen hinunter, tat so, als wollte sie ihm helfen, reichte ihm die Hand. Aber er ist halt zu schwer, gell? Sie musste ihn loslassen, wenn sie nicht selber stürzen wollte.

So jedenfalls wird sie es der Polizei erzählen. Dass es ein Unfall war. Der kleine Schubs bleibt ihr Geheimnis.

Sie hat kein schlechtes Gewissen, sondern denkt, dass er es verdient hat. Und sie hat ein Gefühl, das sie schon lange nicht mehr gespürt hat: das Gefühl von Freiheit.

40

SAMSTAG, 16. MAI – ABEND

Der Förster ist zum Glück im Wald unterwegs gewesen und hat erst die Schüsse, dann ihr Rufen gehört, und als er die Situation am Bierkeller erfasst hat, ist er ins Dorf gelaufen und hat die Polizei und den Doktor gerufen.

Wurzer hat den Kollegen kurz geschildert, was passiert ist – dass Alois Gottswinter den Mord an Veronika Haberl gestanden, dann seinen Bruder Gustl erschossen habe und jetzt auf der Flucht sei. Sie sollten erst das Höllrigl-Gut durchsuchen, dort scheine sich überhaupt einiges abzuspielen, was mit Recht und Ordnung schwer vereinbar sei.

Im Krankenhaus in Regensburg werden sie erst einmal alle versorgt. Walters Wunde stellt sich als Streifschuss heraus, aber er soll ein paar Tage dableiben. Annas und Karls Kopfverletzungen werden verbunden, ebenso Wurzers verstauchter Fuß.

Der Oberkommissär hat einen Gendarmen gebeten, im Wirtshaus in Kallmünz anzurufen und zu sagen, dass der Walter und er die Anna gefunden hätten, außerdem den Buben der Nachbarin, dass sie alle leicht verletzt seien, es ihnen aber gut gehe. Und er hat die Kollegen von der Kriminalpolizei gebeten, ihn über den Stand der Fahndung auf dem Laufenden zu halten. Da der Regensburger Oberkommissär immer noch krank ist, kommt Kriminalassistent Moosgruber ins Krankenhaus.

»Melde mit Bedauern, dass wir den Flüchtigen bisher nicht fassen konnten.«

»Er ist also nicht zum Höllrigl-Gut gelaufen.«

»Doch, anscheinend schon«, widerspricht Moosgruber. »Denn er hat sich dort ein Automobil genommen und ist weggefahren.«

Wurzer atmet tief durch. Damit ist Alois Gottswinter längst über alle Berge. Wahrscheinlich hat er sich vorher sogar noch bewaffnet.

»Haben Sie mit dem Gutsbesitzer reden können?«

Moosgruber nickt: »Jawoll. Er hat gesagt, dass wir uns ruhig umschauen können. Dass auf seinem Hof nichts Illegales geschieht. Und dass er ja nicht wissen kann, was im Kopf von seinen Leuten vorgeht.«

»Haben Sie sich denn wirklich gründlich umgeschaut?«

»Jawoll. Aber nichts gefunden, was verboten wär.«

Genauso hab ich mir das vorgestellt, denkt Wurzer. Da ist nix, wir finden nix, der sagt nix.

»Wir gehen davon aus, dass der flüchtige Alois Gottswinter ein Einzeltäter ist und das mit dem Höllrigl und seinem Gut gar nichts zu tun hat«, unterbricht Moosgruber Wurzers Überlegungen.

»Das hab ich mir gedacht, dass ihr davon ausgeht.«

Vielleicht hört Moosgruber die Bitterkeit in meiner Stimme, denkt Wurzer, aber er übergeht sie geflissentlich.

»Die Fahndung nach dem Gottswinter läuft?«

»Freilich, Herr Oberkommissär.«

Wurzer versinkt in trüben Gedanken. Ob sie Alois Gottswinter jemals fassen? Er bemerkt, dass Moosgruber sich still und leise wegschleichen will.

»Es ist zwar jetzt wurscht, aber es interessiert mich trotzdem:

Ist eigentlich der Bericht zu Veronika Haberl wieder aufgetaucht?«

Der Kriminalassistent wendet sich um und sieht Wurzer verlegen an. »Jawoll, Herr Oberkommissär. Den hat bedauerlicherweise mein Kollege verlegt gehabt, der Hierhammer.«

»Verlegt? Wohin denn?«

»Er hat ihn aus Versehen in seine Aktenmappe gesteckt.«

Wurzer sieht Moosgruber prüfend an, der gerade ausgiebig seine Schuhspitzen begutachtet.

»Hat Ihr Kollege irgendeine Verbindung zum Höllrigl-Gut oder zu Alois Gottswinter?«

»Das weiß ich nicht. Das müssen Sie ihn selber fragen, Herr Oberkommissär.«

Damit verabschiedet sich Moosgruber und geht. Wurzer seufzt. Da kriegt er nie was raus, das ist sicher. Und als er merkt, dass er wütend wird wegen seiner Hilflosigkeit, beschließt er, sich jetzt erst einmal um sich selber und seine Familie zu kümmern.

41

SAMSTAG, 16. MAI – ABEND

Karl sitzt, in eine warme Decke gehüllt, schweigend auf einer Pritsche im Flur des Krankenhauses und trinkt Tee. Anna mustert ihn nachdenklich, aber er sagt kein Wort, fragt nicht einmal nach seiner Mutter. Hat er mitbekommen, was im Bierkeller über Vronis Tod gesagt worden ist? Anna hat gedacht, er sei bewusstlos, aber vielleicht ist er zwischendurch zu sich gekommen und hat das Geständnis dieses Alois mitgehört. Als Karl jetzt die Augen schließt und einschläft, sieht Anna die Möglichkeit, ihn einen Moment allein zu lassen und zu Walter ins Krankenzimmer zu gehen. Er ist im Bett, müde und erschöpft, den Arm verbunden. Unsicher lächelt er ihr entgegen. Von den anderen Männern im Zimmer sind noch einige wach und sehen neugierig auf das Weibsbild, das spätabends noch vorbeikommt.

Walter darf nicht aufstehen. Sie reden leise miteinander, zugewandter als in den letzten Jahren. Auch weil sie ihre Worte vorsichtig wählen, sich an der Hand halten, in die Augen schauen. Sie dankt ihm für seinen mutigen Einsatz. Er entschuldigt sich dafür, dass er sie geschlagen hat. Und auch für all die Lieblosigkeit vorher. Er verspricht, dass er sich ändern wird, dass er nichts mehr trinkt, sich eine neue Stelle sucht.

Natürlich weiß Anna von anderen Frauen, dass deren Männer das auch sagen, und dann ändert sich doch nichts. Aber sie will daran glauben, dass diese Todesnähe sie wieder zusammenführt und neu verbindet. Sie sagt ganz klar, dass sie ihm die Schläge noch nicht verzeihen kann. Walter weiß, dass es seine Zeit braucht, bis sie diese dunklen Tage hinter sich lassen können, er bittet sie nur inständig um die Chance, ihr seine Liebe beweisen zu dürfen, und versichert ihr, dass er es ernst meint.

»Ich werd drüber nachdenken«, sagt sie leise und drückt seine Hand.

»Herrschaftszeiten, hört des denn gar nimmer auf?«, raunzt der Mann, der neben Walter liegt. »Das ist ein Krankenhaus, es ist schon Nacht, da kommt ein Weib rein, und schon geht des Reden los.«

Walter holt Luft, um seinem Zimmerkollegen heftig über den Mund zu fahren, aber Anna legt ihm liebevoll einen Finger auf die Lippen und wendet sich an den grantelnden Nachbarn: »Es tut mir leid, das hat jetzt einfach sein müssen. Aber ich geh schon.«

»Das Gesäusel von dene zwoa hat mich ned halb so viel gstört wie dein Gegrantel«, meldet sich einer, der am Fenster liegt.

»Ist jetzt endlich a Ruah?«, ruft ein Dritter.

»Guad Nacht beinand«, sagt Anna und schlüpft aus dem Zimmer, nicht ohne Walter noch einen warmherzigen Blick zuzuwerfen.

42

SAMSTAG, 16. MAI – NACHT

Dionys Habersetzer schickt seinen Freund Wildgruber mit dessen Automobil, um die Verletzten abzuholen und nach Kallmünz zu bringen. Die Gendarmen haben auch angeboten, sie heimzufahren, aber Wurzer ist es so lieber. Er mag jetzt keine Kollegen mehr sehen, bittet sie aber noch um einen Gefallen: Sie mögen den Automobilhändler in Regensburg verständigen, bei dem Walter arbeitet und dessen Wagen bei Hainsacker im Wald steht. Wurzer verspricht, er werde für das Ausleihen des Wagens zahlen.

»Des braucht's ned«, sagt einer der Gendarmen. »Der hat mehr Geld als die meisten Bauern Heu, und wenn wir ihm sagen, dass das für die nationale Sicherheit war, dann wird er das schon einsehen.«

Als Wildgruber in die Einfahrt des Habersetzer-Hofs einbiegt, sieht Wurzer seine Frau dort stehen und auf sie warten. Eilig kommt sie auf den Wagen zu. Wildgruber steigt aus, lässt dann Wurzer und Anna heraus. Der Bub will gar nicht wach werden. Dionys Habersetzer trägt ihn mithilfe vom Wildgruber ins Haus, während seine Frau in der Küche etwas für die Ankömmlinge herrichtet. Wurzer nimmt dankbar zur Kenntnis, dass die Verwandtschaft ihm, seiner Frau und seiner Tochter erst einmal Luft lässt, sich erleichtert in die Arme zu fallen,

Tränen zu vergießen und sich zu versichern, dass nun alles gut wird.

Gemeinsam sitzen sie dann in der Stube, Marei hält die Hand ihrer Tochter, und Wurzer erzählt, was passiert ist. Es ist eine leicht geschönte und verharmlosende Version. Später gibt es sicher die eine oder andere Gelegenheit, noch einmal darüber zu reden, auch über Angst, Verzweiflung und Todesnähe, denkt er. Freilich weiß er, dass seine Frau klug genug ist, diese Taktik zu durchschauen. Er ist ihr aber sehr dankbar dafür, dass sie nicht allzu sehr nachbohrt, dass er und Anna nicht noch einmal in die Schrecken dieser Stunden hineingehen müssen.

Als Wurzer und Anna nach oben gehen wollen, um sich hinzulegen, winkt Marei ab. »Ich bleib noch hier sitzen.« Wurzer mustert sie prüfend. Soll er bei ihr bleiben? Geht es ihr wirklich gut? Seine Frau aber lächelt leicht: »Geh ruhig, ich möchte nur ein bisserl beten.«

43

SONNTAG, 17. MAI – MORGEN

Marei Wurzer sitzt noch da, als es draußen allmählich hell wird, die Hände gefaltet, den Rosenkranz zwischen den Fingern.

Die Kerze ist schon fast heruntergebrannt, Marei sind die Augen zugefallen, aber jetzt hebt sie den Blick, lächelt ihrer Tochter entgegen, die gerade hereinkommt.

»Kannst auch ned schlafen?«

Anna setzt sich zu ihr. »Ich hab gedacht, ich bin todmüd, aber es geht einfach ned.«

Marei nickt, nimmt ihre Hand, schaut sie nachdenklich an. »Hast eine harte Zeit hinter dir«, sagt sie.

»Ja, die letzten Tage waren wirklich schlimm«, antwortet Anna, aber ihre Mutter setzt noch einmal nach.

»Ich mein nicht nur die letzten Tage ...«

Anna sieht sie erstaunt an.

»Meinst, ich hab ned gemerkt, dass es zwischen dem Walter und dir ned so stimmt? Dass er zu viel trinkt und zu wenig arbeitet?«

Anna stutzt. Die Mutter weiß doch nichts davon, dass der Walter sie geschlagen hat?

»Ich hab mir überlegt, dass euch ein bisserl Abstand ganz guttun würde, was denkst?«

Anna weiß nicht recht, was sie damit meint: »Wie stellst dir das vor?«

»Die Kinder und du, ihr könntet mit uns nach München kommen, bei uns ist doch Platz. Du erholst dich, ich bin für die Kinder da, und wenn du willst, kannst du dir auch ein neues Kleid auf meiner Singer-Maschine nähen. Oder wir schneidern was für die Kinder.«

Anna muss unwillkürlich lächeln. Die Maschine ihrer Mutter, auf der sie nähen gelernt hat – wie viel Freude hat sie daran gehabt, wie sehr hat sie sich gewünscht, auch so eine Maschine zu bekommen!

Marei sucht nach weiteren Argumenten für diese Lösung, die ihr so gut gefallen würde: »Vielleicht braucht der Walter auch Zeit, bis er sich wieder derfängt. Eine bessere Stelle, eine bessere Wohnung … und ihr könnts dann noch einmal neu anfangen.«

Anna schweigt, denkt nach, dann schüttelt sie energisch den Kopf. »Ich will mit ihm neu anfangen, ned jeder für sich.«

44

SONNTAG, 17. MAI – VORMITTAG

Karl erwacht aus einem schrecklichen Traum. Ein fremder Mann will ihn umbringen, ihn und die Anna. Er kann sich nicht wehren, weil er gefesselt ist. Er kann nicht einmal schreien oder weinen, er ist wie in einer Blase gefangen; wenn er den Mund aufmacht, kommt nichts heraus. Wo ist er? Er kennt das Zimmer nicht. Das Bett ist weich, mit weißen Laken bezogen. Eine Hose und ein Hemd liegen auf einem Stuhl, aber es sind nicht seine Sachen. Die Erinnerung kommt binnen einer Sekunde zurück. Der Traum ist Wirklichkeit. Er hat das alles erlebt und überlebt.

Er geht ans Fenster, schaut hinaus. Pickende Hühner, eine Katze huscht über den Hof, weiter hinten der Misthaufen. Er ist auf einem Bauernhof, aber es ist nicht der Gutshof, auf dem er früher gelebt hat. Viel zu klein alles, viel zu nah beieinander sind die Gebäude.

Karl zieht sich an. Die Sachen sind zu groß und zu weit, aber besser, als fast nackt durch das fremde Haus zu laufen. Ein gescheiter Mensch hat ihm Hosenträger hingelegt, so muss er die Hose nicht mit den Händen festhalten.

Leise tritt er hinaus in den Flur. Niemand ist da. Die Holzdielen knarzen. Er geht barfuß die Treppe hinunter, Strümpfe oder Schuhe hat er nicht gefunden. Es riecht immer besser, je weiter er hinuntergeht. Nach warmer Milch, nach Grießbrei. Er hört seinen Magen knurren, und das vertreibt jede Schüchternheit oder Verlegenheit. Er hört jemanden summen und folgt dem Klang. Die Tür zur Kuchl ist nur angelehnt, er schiebt sie auf und schaut rein. Eine fremde Frau steht am Herd, sie hebt den Kopf und lächelt ihn an. »Bist endlich wach, Bub? Wie geht's dir denn?«

Karl kann nicht antworten, weil er mit den Tränen kämpft. Es klingt so warmherzig, was die Frau da sagt. Und sie sieht ihn auch so freundlich und aufmerksam an.

»Kennst mich ned, gell«, sagt die fremde Frau, wischt sich die Hände an der Schürze ab und kommt zu ihm. »Ich bin die Barbara Habersetzer, die Tante von der Anna Kreitmayr.«

»Ich bin der Karl«, sagt er nur, das kriegt er noch heraus.

»Dann setz dich hin, Karl. Ich bring dir gleich eine warme Milch. Magst lieber einen Brei oder ein Brot?«

Karl antwortet nicht, und sie stellt ihm beides hin, dann setzt sie sich zu ihm. Er isst und trinkt, schaut manchmal unsicher hoch, aber sie lässt ihn in Ruhe. Als ihm der Hemdsärmel nach vorne rutscht, hilft sie ihm, ihn wieder zurückzuschieben.

»Die Sachen sind viel zu groß für dich, ich weiß schon«, sagt sie. »Aber dein Gwand war kaputt, und was anderes als das von meinem Mann haben wir ned da.«

Karl nickt nur, isst weiter.

»Wir können dir was Neues kaufen, wenn du willst.« Sie wirkt unsicher, schaut ihn fragend an. Aber er sagt nichts. »Das heißt: Wenn du bei uns bleiben magst«, fügt sie hinzu.

In dem Moment versteht Karl: Die Mutter ist tot. Es ist tatsächlich so. Sie kommt nicht zurück. Er ist allein auf der Welt.

45

MONTAG, 18. MAI – VORMITTAG

Den Sonntag brauchen sie alle zur Erholung, aber gleich am Montagvormittag geht Wurzer zum Wirt und ruft beim Kommissariat in Regensburg an.

»Moosgruber, ich möchte Sie um einen Gefallen bitten.«

Der Kriminalassistent ist zunächst sehr diensteifrig und gerne bereit, dem Herrn Oberkommissär zu helfen, doch seine Begeisterung schwindet, als er hört, was dieser vorhat.

»Wir waren schon auf dem Höllrigl-Gut, und wir haben nichts Verdächtiges gefunden«, sagt er. »Außer dass wir den Gutsherrn verärgert haben, ist da nix rausgekommen.«

»Ich möchte Sie trotzdem bitten, dass Sie mich abholen und mit mir hinfahren.«

»Ungern, weil unser Herr Oberkommissär ist ja noch ned gsund und wir haben so viel Arbeit …«

»Gut, dann geh ich zur nächsthöheren Stelle und frag nach …«

»Wann und wo soll ich Sie denn abholen?«, fragt Moosgruber.

Eine Stunde später kommt er in Kallmünz an. Wurzer sagt seiner Frau nur, dass er noch was zu erledigen habe, aber sie ahnt sicher, wohin ihn sein Weg führt. »Das kannst du ned aushalten, dass ein Verbrecher einfach so davonkommt.«

»Ich fürcht, ich werd nie beweisen können, dass der Gutsherr Dreck am Stecken hat, aber ich möcht ihm wenigstens sagen, was ich von ihm halt.«

»Ich weiß, dass ich dich davon ned abbringen kann, aber pass bittschön auf dich auf.«

Er nickt, hinkt zum Dienstfahrzeug der Regensburger Kriminaler und steigt ein. Moosgruber begrüßt ihn freundlich.

»Was macht denn Ihr Kollege Hierhammer heut?«, fragt Wurzer möglichst harmlos nach.

»Er wollt Akten abheften, weil unser Chef da sehr korrekt ist – und falls er diese Woche noch zurückkommt …«

»Dann hoffen wir, dass ned wieder ein paar Akten in seiner Tasche verschwinden«, antwortet Wurzer und wundert sich kein bisschen, dass er keine Antwort kriegt.

Als sie auf dem Gut angekommen sind, sieht Moosgruber ihn unsicher an. »Was soll ich jetzt machen?«

»Sie müssen ned mit reingehen, aber bleiben S' bittschön in der Nähe.«

Wurzer geht auf das Herrenhaus zu. Der verknackste Fuß tut noch höllisch weh, und er ist sich bewusst, dass er ähnlich hinkt wie Alois Gottswinter, den er so gerne fassen würde. Ironie des Schicksals, denkt er, und sieht sich nach Moosgruber um, der ihm mit einigem Abstand folgt. Er wird nichts erreichen, das weiß er selber, und vielleicht ist es auch nicht schlau, was er da macht. Der Mörder ist auf der Flucht, und dem Gutsherrn kann er nichts nachweisen. Aber er will ihm wenigstens zeigen: *Ich weiß, dass du einiges auf dem Kerbholz hast und Übles planst. Und ich werde dich und deinesgleichen im Auge behalten.*

Nachdenklich hält er inne, erlaubt seinem schmerzenden Fuß eine Pause, als ihn von hinten jemand anspricht.

»Was machen Sie hier?«

Wurzer dreht sich um. Das muss der Gutsherr sein. Reitkleidung, die Gerte in der Hand, groß, drahtig, das helle Haar sauber gescheitelt, schaut er auf ihn herab.

»Benedikt Wurzer, Oberkommissär.«

Er stellt sich nicht vor, der junge Höllrigl, er runzelt verärgert die Stirn.

»Ihre Kollegen waren schon da, auch Ihr Begleitschutz ...« Damit weist er auf Moosgruber. »Sie haben alles auf den Kopf gestellt, aber ich verstecke hier weder einen Mörder, noch haben sie sonst etwas Verdächtiges gefunden.«

»Das kann schon sein. Aber beunruhigt es Sie nicht, dass einer Ihrer engsten Mitarbeiter eine junge Frau ermordet und dann seinen Bruder? Und ist es nicht ein komischer Zufall, dass alle drei auf Ihrem Gut gearbeitet haben?«

Höllrigl schnalzt ungeduldig mit seiner Reitpeitsche. »Was wollen Sie jetzt eigentlich von mir?«

Wurzer sieht, dass der Stallknecht schon das Pferd zum Ausreiten bringt.

»Ich frag mich, warum alle Fäden bei Ihnen auf dem Hof zusammenlaufen. Mörder, Opfer, Entführer ... Alle waren einmal hier zu Hause. Und wenn ich recht informiert bin, dann ist Veronika Haberl gegangen, weil sie mit dem neuen Geist hier nicht zurechtgekommen ist, dem militärischen ...«

Höllrigl hört offenbar nicht mehr zu, sieht zum Stallknecht. »Warten!«, brüllt er. Der Stallknecht zuckt erschrocken zusammen, das Pferd beginnt nervös zu tänzeln und lässt sich nur schwer beruhigen.

Höllrigl wendet sich wieder Wurzer zu: »Was hier auf dem Hof geschieht, bestimme ich. Das mache ich gewiss nicht von den Launen einer Küchenhilfe abhängig.«

»Ja freilich, so eine hat nichts zu sagen, aber manchmal hört sie etwas mit, das nicht für ihre Ohren bestimmt ist: Überlegungen für einen Putsch zum Beispiel oder Namen von denen, die ermordet werden sollen.«

Der junge Gutsherr wird bleich. Er kommt einen Schritt näher und beugt sich zu Wurzer. »Vorsicht, Herr Oberkommissär. Das sind Anschuldigungen, die Sie nicht beweisen können.«

»Weil die Zeugin tot ist.«

»Nichts hätte das Wort von so einer gegen meines gegolten«, sagt Höllrigl höhnisch.

»Bei mir schon«, antwortet Wurzer ruhig.

Die beiden Männer messen einander mit Blicken. Höllrigl tritt wieder einen Schritt zurück, betrachtet Wurzer abfällig.

»Lösen Sie Ihre Fälle in München und lassen Sie mich in Ruhe.«

»Woher wissen Sie denn, wo ich herkomme?«

Höllrigl stutzt kurz: »Irgendwer wird's schon erwähnt haben.«

»Der Kriminalassistent Hierhammer vielleicht?«, fragt Wurzer nach.

»Lassen Sie mich in Frieden mit Ihren Spekulationen. Ich habe mit dem Mord und der Entführung nichts zu tun. Und wenn eine Magd stirbt, nun ja…«

»Ich weiß schon, dass Ihnen das Leben der Leut wurscht ist, wenn es um Ihre Partei und Ihre großen Ziele geht«, unterbricht ihn Wurzer.

»Es ist genau andersrum«, kontert Höllrigl. »Wir haben große Ziele für Deutschland, nicht für uns selber. Und wenn wir die erreichen, dann geht's den Leuten wieder besser.«

»Aber dafür müssen diejenigen weg, die eine andere Meinung haben als Sie und Ihre Freunde.«

»Sagen wir so: Keiner sollte sich in den Weg stellen, wenn es endlich aufwärtsgeht. Denn was wir gar nicht mögen, das ist diese jüdisch-kommunistische Hinterhältigkeit: Verrat, Lüge, unehrenhaftes Verhalten, Freigeisterei, mangelnde Disziplin ...« Wurzer winkt ab: »Kurz: Wer nicht für euch ist, ist gegen euch.«

»Sie haben überhaupt nicht verstanden, worum es geht«, gibt Höllrigl giftig heraus. »Und jetzt verlassen Sie meinen Hof. Sofort.«

»Sonst holen Sie die Polizei?«, fragt Wurzer ironisch und schaut in Richtung Moosgruber. Er sieht, wie schwer es seinem Gegenüber fällt, sich zu beherrschen.

»Die neue Zeit geht über Leute wie Sie hinweg«, sagt Höllrigl drohend. »Wir haben für solche Subjekte keinen Platz mehr in einem Deutschland, das auf Ehre und Vaterlandsliebe baut.«

Damit geht er zu seinem Pferd, steigt auf und reitet weg. Der Knecht schlurft zurück zum Stall.

Wurzer aber weiß nicht recht, ob er wütend oder resigniert sein soll. Ich kann mich nicht allein gegen die Zeit stemmen, denkt er. Wo find ich denn Verbündete, wenn ich selber ein konservativer alter Depp bin, der die Bayerische Volkspartei wählt? Denn die wissen auch nicht recht, wie sie mit der Partei von diesem Hitler umgehen sollen. Der von ihm so hochgeschätzte Ministerpräsident Heinrich Held, der früher in Regensburg bei der Zeitung war, soll diesen Sträfling nach seiner Entlassung aus Landsberg sogar empfangen haben. Andererseits: Der Innenminister hat ein Redeverbot gegen Adolf Hitler erlassen. Da weiß doch der eine nicht, was der andere tut – und diese Schlägertrupps tanzen der Obrigkeit auf der Nase herum.

Vielleicht ist er wirklich zu alt und zu müde für die neue Zeit, überlegt er und spürt seinen wehen Haxen. Andererseits hat seine Marei schon recht: Er sollte erst einmal dankbar sein, dass das Annerl die ganze Geschichte überlebt hat.

»Müssen S' noch irgendwo hin?«, fragt Moosgruber, als Wurzer in das Automobil einsteigt. Gerade will er den Kopf schütteln, da kommt ihm noch ein Gedanke.

46

MONTAG, 18. MAI – MITTAG

Kreszentia Wenninger schaut unangenehm berührt auf den Oberkommissär, der vor ihrer Haustür steht. Eigentlich hat sie gehofft, es würde der Bestatter sein. Oder der Herr Anwalt, mit dem sie besprechen will, wie sie ihre Rechte gegenüber der weitschichtigen Verwandtschaft vom Lugauer durchsetzen kann. Sie weiß, dass sie ein schönes Stück Geld kriegt, aber seine Leute werden versuchen, ihr das Haus wegzunehmen, fürchtet sie.

Da steht sie nun in ihrem schwarzen Kleid wie eine trauernde Witwe und strengt sich an, damit Wurzer ihren Unmut nicht merkt.

»Herr Oberkommissär …?«

»Jessas, Frau Wenninger, ist es wegen der Vroni? Ist heut schon die Beerdigung?«, fragt Wurzer, und Kreszentia atmet tief durch. Wegen dem toten Lugauer ist er also nicht gekommen.

»Nein, es ist was anderes geschehen. Der Herr Lugauer hat einen Unfall gehabt.«

»Ist er verstorben? Mein Beileid.«

Sie nickt würdevoll, möchte Wurzer aber nicht ins Haus lassen. Sie hat so ein Gefühl, als könnte er der Treppe ansehen, dass der Lugauer nicht ganz von allein hinuntergestürzt ist.

»Kommen S' doch mit auf die Terrasse, Herr Oberkommissär. Im Haus schaut's seit dem Unfall vom Herrn Lugauer so schrecklich aus, ich bin auch ned gern drin.«

Das ist vielleicht eine dumme Ausrede, überlegt sie, aber Wurzer geht zu ihrer Erleichterung nicht darauf ein, sondern fragt nur noch einmal, was denn geschehen sei.

Kreszentia erzählt die Version, die sie auch den Gendarmen geschildert hat: Lugauer sei sozusagen über seine eigenen Füße gestolpert. Ihren kleinen Schubs erwähnt sie natürlich nicht.

Treuherzig schaut sie den Oberkommissär an, der noch mal ein paar Worte des Mitgefühls spricht und dann schweigend dasitzt. Anbieten mag sie ihm nichts, sonst dauert das alles noch länger. Sie will ihn loswerden, sie muss noch einiges beiseiteräumen, was ihres Erachtens ihr gehört; bald fällt die Bagage vom Lugauer hier ein. Da nie jemand von denen da gewesen ist, werden sie auch nicht wissen, was er besessen hat, da kann man noch einiges einpacken und so tun, als ob's das nie gegeben hätte.

»Ich komm wegen der Veronika und dem Karl«, sagt Wurzer, und Kreszentia, so ganz in ihre Vorstellung von einer angenehmen Zukunft ohne Lugauer versunken, muss kurz umschalten in ihrem Kopf.

»Hat die Polizei Sie schon informiert, dass wir ein Geständnis haben?«

Kreszentia weiß gar nichts, also erzählt Wurzer knapp die Ereignisse.

»Mei, is des schrecklich«, ruft sie, als er fertig ist. »Und der Mörder von meiner Vroni ist also auf der Flucht?«

Wurzer nickt: »Ich geh davon aus, dass er sich ins Ausland abgesetzt hat.«

»Und wie geht's dem Buben?« Sie weiß, dass sie das jetzt fragen muss.

»Der ist bei der Schwester von meiner Frau in Kallmünz. Die hat mit ihrem Mann dort einen Bauernhof.«

»Es ist gut, wenn er da bleiben kann«, antwortet Kreszentia, obwohl Wurzer noch gar nicht gesagt hat, dass das möglich wäre. »Weil ich bin so schlecht beinand nach all dem, was passiert ist ...«

Dass der Bub auch »schlecht beinand« sein könnte, auf die Idee kommt sie offenbar nicht, denkt Wurzer.

»Vielleicht besuchen Sie ihn mal dort und reden mit ihm«, schlägt er vor, und Kreszentia beeilt sich zu sagen, dass sie genau dasselbe auch gerade gedacht habe und dies auch möglichst bald tun werde.

Sie steht auf, weil sie das Gespräch beenden will.

»Übrigens«, sagt Wurzer beiläufig, als er ihr die Hand zum Abschied entgegenstreckt. »Sie haben doch bei dem Spaziergang an der Donau erwähnt, dass Ihre Nichte von einem geplanten Putsch erzählt hat.«

Kreszentia wiegelt ab. »Mei, ob die das so richtig verstanden hat ... Außerdem: Ich hab mit dem Pack nichts zu tun.«

»Und Sie haben gesagt, dass der Lugauer und der Höllrigl sich kennen.«

»Ja, kann schon sein.«

»Ist Ihnen nie der Gedanke gekommen, dass der Lugauer Ihre Nichte beim Gutsherrn verpfiffen haben könnte?«

Für einen Moment verzerrt sich das Gesicht von Kreszentia Wenninger vor Hass und Wut, das hat sie jetzt nicht mehr im Griff. »In der Hölle soll er schmoren für alles, was er mir, der Vroni und dem Buben angetan hat.«

Wurzer mustert sie prüfend. »Aber Sie haben ihn nicht persönlich in die Hölle geschickt, oder?«

Sie weiß schon, wie er das meint, aber sie will ihn nicht verstehen. »Gefallen ist er von selber. Aber vielleicht hat der Teufel ein bisserl gezogen.«

Wurzer nickt, dann verabschiedet er sich. Kreszentia schaut dem Wagen noch kurz nach. Sie hätte sich nicht so gehen lassen dürfen. Aber egal, was dieser Oberkommissär vermutet, sie wird es sich jetzt gut gehen lassen in der Welt. Vor ihr liegt eine schöne Zeit.

47

SONNTAG, 31. MAI – NACHMITTAG

Fast zwei Wochen sind vergangen, seit die Wurzers von Kallmünz zurück nach München gekommen sind. Gemeinsam gehen sie einen der langen geraden Wege auf dem Waldfriedhof. Marei hat vorgeschlagen, dass sie den Sonntag für einen Besuch am Grab ihrer Eltern nutzen.

Im Polizeipräsidium haben sie schon gewusst, was der Wurzer in Regensburg erlebt hat. Sein Vorgesetzter Markstein hat seiner Erleichterung Ausdruck verliehen, dass Wurzers Tochter dieses Verbrechen gut überstanden hat, wobei Wurzer selbst da seine Zweifel hat. So ein Erlebnis, das steckt man nicht so leicht weg.

Er hat seinen Vorgesetzten mit einem umfassenden Bericht überrascht, in dem er alles zusammengetragen hat, was er über den jungen Höllrigl und sein Gut in Erfahrung bringen konnte. Markstein hat in den Unterlagen geblättert, genickt und eine Weile nachgedacht. Dann hat er Wurzer eine Zigarre angeboten und auch sich selber eine angezündet.

»Wissen Sie«, hat er gesagt und dem Rauch hinterhergeschaut, »da haben sich ja die Kollegen in Regensburg schon gekümmert. Die Fahndung nach dem flüchtigen Mörder läuft. Der Gutsherr hat von alldem nichts gewusst, das hat die eingehende Befragung ergeben. Und dass eine Küchenhilfe üble Gerüchte über einen national denkenden Herrn in die Welt setzt, ihn gar der Verschwörung bezichtigt ... Wo kämen wir da hin, wenn wir all diese Behauptungen ohne ernsthafte Beweise verfolgen würden?«

Wurzer hat die Zigarre mit einem Mal nicht mehr recht geschmeckt.

Er merkt vor lauter Nachdenken nicht, dass seine Frau und er schon vom breiten Weg abgebogen und fast am Grab angekommen sind.

Wurzer schaut auf die Inschrift, die Namen und Lebensdaten seiner Schwiegereltern. Darunter stehen auch die von Karl und Franz. Ihre sterblichen Überreste sind verschollen, aber die Erinnerung ist eingraviert in diesen Stein, damit sie nicht vergessen werden.

Seine Frau zupft das Unkraut heraus. Nie kann sie still am Grab stehen, immer gibt's was zu tun. Er denkt an das, was ihm Walter im Krankenhaus anvertraut hat. Dass er mit dem Franz gemeinsam an der Front gekämpft und selber gesehen habe, wie der Franz eine Kugel in den Bauch bekommen hat, dass er den Verletzten noch habe wegziehen wollen, weil er dachte, er könne seinen Freund retten. Wie ihn sein Kommandeur angebrüllt habe, er solle ihn liegen lassen, weil man da eh nichts mehr machen könne. Und dass er sich heut noch schäme, dass er dem Befehl Folge geleistet hat. Dass er aus der Deckung den Franz habe schreien hören und zugeschaut habe, wie der Franz langsam verreckt sei. Vielleicht hätte man ihm im Lazarett noch helfen können.

»Ich hab gedacht, ich kann das wiedergutmachen«, hat ihm der Schwiegersohn erzählt. »Mit dem Annerl eine Familie gründen und euch wenigstens ein bisserl den Sohn ersetzen, euch Enkel schenken. Aber jedes Mal, wenn ich dem Annerl in die

Augen schau, dann seh ich die Augen vom Franz und spür, dass ich ihn im Stich gelassen hab, dass ich ihm hätt helfen müssen.« Walter hatte das noch nie jemandem erzählt. Und Wurzer wird es niemals weitererzählen, nicht seiner Frau, nicht seiner Tochter. Der Walter fühlt sich schuldig, dabei sind doch ganz andere am Krieg schuld und an dem, was beim großen Geschrei um Vaterland und Erzfeind rausgekommen ist.

»So wie du dastehst, könnte man fast denken, du betest«, sagt Marei und stellt sich zu ihm. »Aber ich weiß ja, dass du das verlernt hast bei deiner Arbeit. Du kannst nicht mehr an den Herrgott und seine Güte glauben. Und wenn ich ehrlich bin: Mir fällt's manchmal auch sehr schwer.«

Damit wischt sie einen Vogeldreck vom Grabstein ab, grad neben dem Namen vom Franz.

*

Zur gleichen Zeit steht Anna in Regensburg am Grab von Veronika Haberl. Die Patentante der Vroni hat sich dann doch bereit erklärt, ihrer Nichte ein anständiges Begräbnis auszurichten. Auf dem Weg hierher ist sie am Grab einer Familie Gottswinter vorbeigekommen, auch dort ein frisch aufgeworfener Hügel. Es ist ihr unbehaglich gewesen, als sie das Kreuz mit seinem Namen gesehen hat. Er hat ihr viel angetan, dieser Gustl. Aber sie hat das Gefühl, dass er der Vroni die zwei schönsten Wochen in ihrem Leben geschenkt hat, so glücklich, so frei, so heiter, wie sie plötzlich war. Aufmerksamkeit, Zuwendung, gute Worte – und die Aussicht auf ein gemeinsames Leben als Paar mit dem Karl und vielleicht auch noch weiteren gemeinsamen Kindern. Sie hätte der Vroni so ein Leben von Herzen gewünscht. Und Anna weiß, dass diese tüchtige, selbstständige und tapfere Frau das Beste draus gemacht hätte. Sie kann's nicht mehr tun, denkt Anna. Aber ich darf noch weiterleben, und ich bin froh drum, was auch immer kommt.